# 旅といっしょに生きてきた

人生を楽しむヒント

橋田壽賀子

祥伝社

# はじめに

もう一〇年ほど前のことです。念願だった南極《なんきょく》に行くことができました。南極半島近くのある島に上陸したのですが、そこで一羽のペンギンに目を奪《うば》われました。まだフワフワの羽毛《うもう》が残っている子どものペンギンで、群れとは反対の方向にたった一羽でトコトコトコトコ……。はぐれてしまったのでしょうか。その先は何もない荒野です。

なんだか自分を見ているようでした。

私は勘当《かんどう》同然で東京に出てきましたし、会社員時代は職場で孤立し、女性が社会で働くことの難しさを痛感。誰も助けてなどくれず一人で生きてきました。そんな若かりし頃の自分を、ペンギンの後ろ姿に重ねていたのです。

振り返れば、つらいこと、苦しいことがいっぱいの人生です。でも、そんな私の人生を思いがけず面白いものにしてくれているのが「旅」なのです。

二十代、三十代は日本中を訪ね歩き、五〇年前に海外旅行が自由化されるとすぐにヨーロッパへ行きました。そして今は船の旅が大好きです。

なぜ旅をするのかと言われたら、好奇心と、日常にはない発見や感動がそこにあるからです。飽きもせずに、それを求めてきました。本文で詳しくご紹介しますが、旅から得られた発見や感動が、私の書くドラマに生かされたこともたびたびです。

今年（二〇一五年）五月一〇日の誕生日が来たら、九〇歳になります。

数え年の九〇歳は「九」と「十」で「卆」になることから「卒寿」と言います。年を重ねると卒業することも多くなるのでしょうが、旅は卒業どころか、いつでも自分が一年生のままのよう。見るもの、聞くもの、食べる物、話す相手、すべてが初めてですから、ワクワクする気持ちが昔とちっとも変わらないのです。

まるで心の原点を思い起こさせてくれているようでもあります。一方で、仕事が思うようにいかず将来に不安を感じていた時や、原稿の締め切りに追われ続ける毎日、主人が亡くなってから……苦しい時はいつも旅に助けられてきました。

私にとって旅は、生きていくためになくてはならないものだった、とさえ思うのです。

そんな、人生と共にある私の旅の思い出をお話ししたいと思います。私にとって旅がそうであるように、何か自分なりの楽しみがあると、日々の暮らしに張り合いが出るのではないでしょうか。

旅好きな方や興味のある方はもちろん、これから何かを始めたいと思っている方に、私の経験が少しでもお役に立てば幸いです。

橋田壽賀子《はしだすがこ》

# 目次

## 4章 夫婦と旅と
### ――忙しくても、見たいものを、行きたいところへ

# 5章 七十代からの旅支度《たびじたく》
## ──人生を豊かにするために……139

# 6章 船の旅が一番！ ——好奇心の赴くままに……173

# 7章 旅と人生
## ——旅も人生も過程が目的だから……223

装丁／永井亜矢子（陽々舎）
装画／村田善子
構成／鈴木かおり
編集協力／株式会社ループス
松崎昭宏

# 1章

# 旅はドラマ

## ——脚本にも生きている旅の記憶

# 七二年ぶりのふるさとへの旅

## 幼い頃の記憶が次々と甦《よみがえ》った

二〇〇六年の夏の初め、テレビ番組の企画で韓国《かんこく》のソウルを訪ねました。ソウルは私の生まれ故郷で、小学三年生まで暮らしていた街なのです。大正十四年（一九二五年）から昭和九年（一九三四年）までということになりますね。日本が韓国を統治していた時代ですから、当時の呼び名はソウルではなく、京城《けいじょう》です。

京城には、両親や友だちとの思い出がいっぱいあります。でも、大人になって訪ねたことはそれまで一遍《いっぺん》もありません。というのも、行くのは朝鮮《ちょうせん》半島が一つになってからと決めていたからです。ご存じのように戦後、朝鮮半島は北緯三八度線を境に、北の朝鮮民主主義人民共和国《ちょうせんみんしゅしゅぎじんみんきょうわこく》と南の大韓民国《だいかんみんこく》に分かれて国を建てました。そのすぐ後に北と南で三年に及ぶ戦争をし、南北が分断されたまま今に至っています。私には南北統一が平和の象徴のように思え、分断されたままの状態で訪ねたくはありませんでした。それに、日本人が朝鮮の人たちを蔑視《べっし》していることを幼いながらに感じて心を痛めていたので、安易にふるさとを懐《なつ》かしむことができないのです。

しかし、思いがけず舞い込んだ七二年ぶりのふるさと再訪の旅。折しも韓流《ハンりゅう》ブームで、日本でも人気を呼んだドラマ『宮廷女官《きゅうていにょかん》チャングムの誓《ちか》い』の脚本家に会うという目的も用意されていました。私は複雑な思いを抱きながらも、ソウルへと向かったのです。

私が京城で生まれ育ったのは、両親の仕事の関係です。

父は愛媛県の出身ですが、一旗揚《あ》げようと京城に渡り、朝鮮の物産を扱う土産物《みやげもの》店を営んでいました。日本から嫁《とつ》いできた母との間に私が生まれたのは、先にお話ししたように一九二五年。母が三五歳の時の一人娘です。

父はとにかく仕事第一の人間で、母も父の商売を手伝っていました。忙しい両親に代わって家のことをやってくれていたのは、近所に住む人のいい韓国人のオモニです。オモニとは「お母さん」という意味の韓国語で、小さい私にとってはまさに母親代わりでした。

そんな幼い頃の記憶は、さすがにどれもぼんやりしたものでしたが、テレビの撮影で実際に訪ねてみると、次々と記憶が甦《よみがえ》ってくるではありませんか。これには自分でも驚きました。

自宅があった場所に行くと、そこは小学校になっていました。すると突然、自分の小学校時代が脳裏に浮かんできたのです。京城の冬はとても寒く、雪はあまり降りませんが、何もかも凍《こお》らせてしまうような厳しさがあります。そのおかげで校庭も水を撒《ま》けばすぐに凍り、大きなスケートリンクが出来上がります。そこでスケートや鬼《おに》ごっこをするのが冬の楽しみでした。

あちこちに垂《た》れ下がったツララを見るのも面白かったですし、家のお風呂が壊れて別棟まで入りに行った時に、濡《ぬ》れたタオルが一瞬にしてカチンコチンの棒になったのも忘れられません。

そうそう、京城時代は運動靴のままスケートをしていたので、日本のスケートリンクに初めて行った時、なんで特別な靴をはかなくちゃいけないのかと不思議に思ったことを覚えています。

それから、家から学校までのいつも歩いた通り、家のそばの坂道。たまに雪が降ると、その坂道で必ず滑《すべ》って転んでいましたっけ。

父が経営していた「朝鮮物産」というお土産物屋さんは、繁華街《はんかがい》の一等地にありました。おぼろげな記憶を頼りにその繁華街に行ってみると、父の店があった場所は、女性向けの下着屋さんになっていました。その前で私へのインタビュー撮影をしたのですが、通りすがりの方たちが変な顔でこちらをジロジロと見て行きます。それもそのはずです。私の後ろのショーウィンドーにはたくさんのカラフルなパンティが並んでいるのですから。

近くの本屋さんは、小さな私にとってお気に入りの場所でした。毎日のように絵本の立ち読みができたからです。もしかしたら、それが文学少女への始まりだったかもしれません。

特に懐かしかったのは、時計屋さんの前にあった真鍮《しんちゆう》の手すりのような棒です。

同じ日本人学校に通うお友だちとよく鉄棒の前回りをして遊んでいた棒が、まだ残されていたのです。仲良しだったお友だちは、お隣の時計屋さんと向かいの絵葉書《えはがき》屋さん、その隣の行李《こうり》屋さん、ちょっと行ったところにある呉服《ごふく》屋さんの娘たちです。

商店街のお店はどれも建て替えられているのに、あの棒だけがなぜ残されていたのか、そもそも何のための棒なのかはわかりません。でも、思いがけず懐かしい思い出に浸ることができました。

日本の統治下にあった京城には、日本人学校だけでなく神社もありました。私の家のそばにも朝鮮神宮《ちようせんじんぐう》という神社があり、両親に連れられてお参りしたことを覚えています。壽賀子《すがこ》という名前は、その朝鮮神宮の宮司《ぐうじ》さんが「おめでたいから」と付けてくださったものです。しかし訪れたソウルの街には、その神社は跡形もなく消えていました。

## 日本へ渡る関釜《かんぷ》連絡船の船旅が原点

七〇歳を過ぎた頃から、船旅が何よりの楽しみになりました。一年間の連続ドラマを書くのは大変な集中力と体力がいります。私は目の前にニンジンをぶら下げて走る馬のごとく、船旅というご褒美《ほうび》を楽しみに、原稿用紙をひとマスひとマス埋《う》めてきました。

思い起こせば、私にとって船旅の原点は、京城で暮らしていた子ども時代にあるのかもしれません。

年に一度くらい、母は私を連れて大阪に住む母の姉のもとを訪れていました。その時に乗ったのが関釜連絡船です。朝鮮半島の釜山《プサン》と山口県の下関《しものせき》を結ぶ連絡船で、大型の客船や貨物船が海峡《かいきょう》を往復していました。自宅があった京城から釜山までは汽車で行き、夜に関釜連絡船に乗れば明け方くらいに下関に着いたと記憶していま す。距離にして二四〇キロと言いますから、七、八時間はゆうにかかったのでしょうね。下関から伯母《おば》のいる大阪まではまた汽車です。出発してから到着までに丸二日はかかる、子どもにとってはけっこうな長旅でした。

当時、朝鮮や満州に渡る日本人がこの関釜連絡船を利用していました。一等から三等まで何等級も船室がある大きな船で、常に人でぎっしり。海流の関係でしょうか、いつも激しく揺れて、酔《よ》って吐《は》いている人をたくさん見ました。

私はと言えば、まったく平気です。三等の普通席はマス席のため雑魚寝《ざこね》ができるのですが、そこに横になっている大人たちの間をぬって、元気に走り回って遊んでいました。船でカレーライスを食べるのも楽しみでした。ただ、大阪の伯母の家に着いてしばらくは体が少しフラフラしていたことを覚えています。私は船酔いではなく、陸酔いをしていたのです。

でも今は、船酔いも陸酔いもまったくありません。小さいうちから鍛《きた》えていたのが良かったのかもしれませんね。

関釜連絡船での行き来は、楽しいばかりではありませんでした。

両親の仲が良くなかった時期があって、そんな時、母と二人で乗るのはつらかった。小学校へ上がる前に、私だけ東京にいる伯母の元に一時預けられたこともありました。東京の伯母は母のすぐ上の姉で、大阪の伯母は一番上の姉です。

子どものいない東京の伯母夫婦は私をかわいがってくれましたが、酒屋を経営していたので、店がある日中はかまってもらえません。友だちもいませんから、とても心細かったです。兄弟がいれば慰《なぐさ》め合えるのでしょうが、不安に押しつぶされそうになるのをこらえるしかありませんでした。

間もなく京城の両親の元に戻り、小学校に入りました。両親は、忙しい商売の合間をぬって私をよく旅行に連れて行ってくれました。場所ははっきりとは覚えていませんが、海水浴場が多かったように思います。そのことを思うと幸せな気持ちになりますから、小さいうちから旅は楽しいものとして心に刻み込まれたのでしょう。

# 『おしん』を生んだ旅の記憶

## 好奇心の旅が『おしん』につながった

ＮＨＫで一九八三年から一年間放送された『おしん』には、かつての旅の記憶が生きています。

私は大学生だった二〇歳の時に大阪で終戦を迎えました。授業の再開にあわせて戻った東京は焼け野原で、食べる物がなくて「このままでは死んでしまう」と思い、山形に疎開《そかい》している伯母を頼ることにしました。

その時のことは後の章で詳しく触れますが、ようやくたどり着いた山形は実りの秋を迎え、田んぼが黄金色に輝いていました。東京とはまったく違った景色です。おはぎもお腹《なか》いっぱい食べさせてもらい「人生捨てたもんじゃない。まだ生きていける」

と力が湧《わ》いてきました。

山形に身を寄せていたひと月ほどで、身も心もどれだけ癒《いや》されたかしれません。それから何年かした時に、私はある思いに駆《か》られました。

「山形はあれからどうなっているだろう。もう一度行ってみたい」――。

そしてもう一つ、地元の方に聞いていた話がずっと心に残っていて、それを自分の目で見てみたいとも思ったのです。

その話とは「昔は奉公《ほうこう》に出る子どもは、舟ではなく筏《いかだ》に乗せられて最上川《もがみがわ》を下って行った」というものです。

松尾芭蕉《まつおばしょう》は『奥《おく》の細道《ほそみち》』で最上川のことを「おそろしき難所有《なんしょあり》」「水みなぎつて舟あやうし」と記し、有名な「五月雨《さみだれ》をあつめて早し最上川」の句を詠みました。日本三大急流の一つとして知られる最上川の急な流れに身をまかせ、幼い子どもが筏で下る。行く先は見知らぬ土地……。

思い切って、最上川を旅してみることにしました。何かを知りたいという好奇心に衝《つ》き動かされて旅に出たのは、この時が初めてです。

まず上流の町、白鷹《しらたか》まで行きました。そこから下流へと移動します。列車やバスも使いましたが、何日か泊まりながら、なるべく歩いて最上川沿いを下るようにしました。かつて奉公に出される子どもが見ていたというその風景を、この目で見たかったからです。

民家もほとんどない草の生《お》い茂《しげ》る道をひたすら歩き、やがて日本海に面した酒田《さかた》に着くと風景が一変しました。大きな米蔵《こめぐら》がいくつも建ち並んでいます。さすがに水運で栄えただけあって、開けた町だと感じました。生まれ育った村しか知らない幼い子どもにしたら、別世界に感じたことでしょう。

自分の足で歩いたことで、以前地元の方から聞いた話が少し身近に感じられました。当時、映画会社に勤《つと》めていた私は、いつか自分が書くシナリオにこのことを書こうと心にしまっておきました。そして五十代になって、明治生まれの女性の生きざまをドラマに描《えが》こうと思った時、その最上川の筏下りを一つの象徴的な場面として盛り込んだのです。

極寒の最上川を筏で下り奉公に出るおしん。NHK 連続テレビ小説『おしん』（1983 年放送）のこの場面は、かつての旅の記憶から生まれました
写真提供：NHK

旅の記憶は、三田佳子《みたよしこ》さん主演の大河《たいが》ドラマ『いのち』でも生きています。『いのち』は一九八六年に放送された作品で、戦後の農地改革や高度成長期の農村といった現代史が背景にあります。構想を練《ね》りながら、以前訪ねた青森の御岩木山《おいわきやま》がすぐに頭に浮かびました。別名「津軽富士《つがるふじ》」とも言われる、とても姿の美しい山です。その御岩木山が見える場所をドラマの舞台にしたいと考えたのです。

二十代、三十代は日本中あちこち旅をしていたので、そのことが脚本を書く上で大いに役に立っています。場面の舞台を「あそこにしよう」「ここがぴったりだ」などと、すぐに映像のイメージで思い浮かぶのです。

若い頃はひたすら好奇心で見て回っていただけですが、今思えば、ドラマのシナリオハンティングをしていたようなものですね。

## 書いたドラマも国境を越えた

三〇年以上前に日本で放送された『おしん』は、海を越えて世界六八の国と地域で放送されました。アジア、ヨーロッパ、アフリカ、北米、南米、オーストラリアの六大陸すべてに渡り、中にはブータンやアフガニスタン、スーダン、アフリカのガボン、カリブ海のホンジュラスといった、私も行ったことのないところにまで、おしんは旅をしています。

六八の国と地域といっても日本にいたらピンときませんが、海外に行くと「本当に見てくれているんだ」と実感します。

特にアジアは『おしん』が浸透していて、私がその作者だとわかると「おしん！おしん！」（中国では「あしん！」でした）とすっかり有名人です。もちろん私は普通に観光しているだけなのですが、ガイドさんが地元の方に「『おしん』を書いた人だから大事にしてあげて」などとおっしゃるのです。

親切にしてもらえてありがたい一方で、そんな時、私もつい見栄《みえ》を張ってチップをはずんでしまうので困ったものです。

泉《いずみ》ピン子さんと一緒だともっと大変です。ピン子さんは、おしんの母、ふじを演じましたから、エジプトでは「おしんママ！　おしんママ！」とすぐに囲まれてしまいました。

そう言えば、ブルネイで水上生活をしている人たちを訪ねたことが二度あるのですが、二度目の時に、訪ねた家のご主人が私に向かって誇《ほこ》らしげに何かを言いました。通訳さんによると「ここへは以前『おしん』の作者も来て、お茶を飲んで帰って行った」と言うのです。

自分のことを自慢されていると知り、うれしいやら恥《は》ずかしいやら。「目の前にいる私がその『作者』です。たしかにこちらでお茶をごちそうになりました」という言葉を飲み込んで、私はそっとその家を後にしました。

自分の書いたものが国境を越えて、これだけ多くの方に見ていただけるとは考えてもいませんでした。第一「地味で暗い」という理由で、なかなか採用されなかった作品です。折しも日本はバブルへと向かっていました。

開発途上国の人たちは「辛抱《しんぼう》すれば、おしんのように成功するかもしれない」「日本は昔あんなに貧しかったのに今は豊かだから、自分たちも一生懸命やれば良いことがあるだろう」。そんなふうに思いながら見てくださっているのかもしれませんね。

しかし、辛抱したからといって必ずお金持ちになるわけではありません。むしろお金持ちになれる人は稀《まれ》です。ですからドラマをそう捉《とら》えているとしたら、私は罪の意識を感じます。そうではなく、周囲に流されることなく、自分にとって本当の豊かさや幸せを見つけて欲しいのです。

辛抱することは決して無駄ではありません。辛抱は現実や自分自身と向き合うことですし、逆境に耐える強さも教えてくれます。その中で、自分らしい豊かな生き方を見つけることが大事だということです。

# 貧乏旅行で学んだ人間の幸不幸

## 世の中にはいろいろな人がいる

戦後の混乱も少し落ち着いて、ようやく自由な暮らしができるようになった時、私が真っ先に始めたのが旅です。二十代半ばから三十代にかけて、日本のあちこちに出かけました。

その旅で見たり聞いたりしたことが、その後のものの考え方や仕事、友だち付き合いなど、私の人生全般に大きく影響しています。言い換えれば、私にとって社会への扉《とびら》を開いてくれたのが、この頃の旅です。

当時、私が利用していたのがユースホステルです。ユースホステルはドイツが発祥の若者向けの安い宿泊施設で、日本では昭和二十六年に日本ユースホステル協会が設立されました。たいてい二段ベッドの相部屋です。一部屋六～一〇人くらいで、シーツと枕カバーを持参して泊まります。シーツは普通の四角い布と、寝袋のように自分がその中にすっぽり入る袋状のものがあって、私は袋状のシーツを何枚か持っていました。部屋は男女別々です。

今はシニア層や家族での利用も珍《めずら》しくないようですが、当時は大学生や社会に出て間もない人など、日本中から若者が集まってきていました。

二十代の頃は学校や職場など限られた世界しか知らなかったので、ユースホステルでの出会いはとても刺激的でした。私よりもはるかに生活が苦しいのに旅が好きで頑《がん》張《ば》って旅や仕事を続けている人、自動車工場で部品のボルトを毎日ひたすら締《し》めている人、電気メーカーの技術者、代議士の息子、医学生、焼肉屋のおやじさんなど、本当にいろいろな人が集まってきました。

その頃、私は映画会社の松竹《しょうちく》の脚本部に勤めていました。入社時は一〇〇〇人の応募の中から選ばれた六人のうちの一人で、女性は私一人だけでした。「初の女性シナリオライター」として婦人雑誌やグラビアにまで取り上げられ、まさに「人生バラ色」だったのです。

ところが、いざ働き始めて愕然《がくぜん》としました。完全な男社会で、女の私が脚本を書かせてもらえることなどありませんでした。一〇年辛抱しましたがダメでした。

そんなふうに仕事でつまずいて、孤立していた時期でしたが、ユースホステルで自分とは違う世界にいて、でも同じように悩みや問題を抱えながらも頑張っている人に出会ったのです。その人たちと話をしていると「私もまだまだ人生頑張れる」と思えました。

人間の幸不幸は、考え方次第です。

戦争を経験している私はコッペパン一つでも「ありがたい」と思える世代です。お腹がすいて死にそうだった時に食べたあのコッペパンの感激は、今どんな高級料理を食べても味わうことはできないでしょう。食べ物に不自由しなくなっただけでなく、自由に旅行ができるようになったのは、何よりの幸せでした。今の人には当たり前のことが、私には幸せに感じることばかりなのです。

今は社会が豊かになり過ぎました。「みんなリッチで幸せそうなのに、なんで俺だけ違うんだ。不幸だ」なんて不満たらたらの若者がいっぱいいます。でも、視野を広げれば自分がどれだけ幸せな立場にいるかを感じることだってあるはずです。

人と比べることが必ずしも良いとは言いませんが、自分を客観的に見ることで幸せに気づいたり、他人を思いやる気持ちを持てたりもします。人と比べてみて初めてわかることだってあるのです。自分と同じような悩みを持つ人と触れ合うことで、気持ちが軽くなることだってあるでしょう。

人をねたんでばかりいて、自分もそれと同じものを手に入れないと幸せと思えないだなんて、それこそ不幸なことです。

# 好奇心が人生

## バスでは一番後ろの窓際が指定席

旅の楽しみや喜びは、目指す土地だけにあるのではなく、目的地に到着するまでの道中にあるのではないでしょうか。私は旅の途中も好きなのです。日本でも海外でもそう。電車やバスで通り過ぎる何でもない道すがらも含《ふく》め、丸ごとが旅だと思っています。

バスで移動する時は、空《あ》いていれば必ず一番後ろの窓際に座ります。座席が少し高いぶん外が見えやすい良さもありますが、なんとなく落ち着くのです。問題児はバスの一番後ろに陣取《じんど》ると聞いたことがありますが、それに近いのかもしれません。

初めて行くところは見るものすべてが珍しいので「あの木は何？」「あの煙突《えんとつ》はな

んであんな形をしているの？」と、つい一緒にいる人たちを質問攻めにしてしまいます。ガイドさんも名所旧跡のことなら詳しく答えられるでしょうが、何でもない木や家のことまで聞かれても困ってしまいます。

目的地まで五時間かかるとしたら、私は外を見ながらそんなふうに五時間しゃべり続けるわけです。他の方たちは目的地で元気に活動するために、バスでは一眠りしたいところでしょう。それなのに私に話しかけられるのでたまったものではありません。そういう意味では確かに私は「問題児」かもしれませんね。

でも、移動中に眠るなんてもったいない！　もう二度と見られないかもしれない景色を一秒だって無駄にはできません。

私がそう思うのは、若い頃、旅をすること自体がとても貴重だったせいかもしれません。なけなしのお金をはたいて旅に出るのですから「見られるものは全部見なくちゃ」「元を取らなくちゃ」と必死でした。

今ならテレビやインターネットで世界中を「見る」ことができますが、テレビもまだない時代。カメラだって持っていませんでした。初めて目にするものすべて新鮮で、それを見て記憶するしかないと思えば、自然と見方も変わるというものです。

年を取った今、道中も元気、目的地に着いてからも元気な私を見て「なんで先生はいつもそんなに元気なんですか?」と、私よりもずっと若い方からよく聞かれます。そういうわけで私は、昔からの「絶対に見逃すまい」の精神が体に染《し》みついているのかもしれませんね。

それにしても、家で原稿に向かっている時はすぐに疲れるのに、遊ぶことはまったく疲れないのは、自分でも大いに謎です。

## 感動と発見を求めて旅へ

私が思う旅の良さは、新しいものを見られるところです。「何だろう?」「自分の目で見てみたい!」と思って、実際にそこに行けるというのがすごくいいのです。

年を取って足が弱くなったり、腰痛の手術をして「今までのように歩き回るのは無理かな」なんて思っていても、現地に行って「この先にはどんな光景が広がっているんだろう」と思うと、体が勝手に動いています。

ですから私の場合、体の不調には家でおとなしく療養しているよりも、旅に出たほうがはるかに「効《き》く」ようです。まさに「好奇心にまさる特効薬ナシ！」です。

以前は同じところに何度も行こうとは思いませんでした。一度自分の目で見られれば、もうそれで満足だからです。ですから、旅行会社でツアーを選ぶ時も、行ったことのない場所がコースに入っていることが前提でした。

でも、ツアーというのはやはり人気の場所が多く、誰も行ったことのない場所などはなかなか連れて行ってもらえません。そんな時は、同じ場所をヘリコプターで空から眺《なが》めたり、船やボートで近づいたりして、また違った見方を楽しみます。

季節が違えば印象がガラッと変わるところもあるので、その違いを見に行くのも面白いものです。

七〇歳を過ぎた頃からは船旅が大好きになりました。

どこかに行くための旅ではなく、船に乗ること自体が旅の一つの目的になっています。乗っている間は電話もかかってきませんし、日常の雑事もありません。朝、目が覚めれば、窓の外に昨日とは違う景色が広がっているのも素敵です。そして、船にはたくさんの人間ドラマもあります。

そんな船旅に魅了されて、同じ場所に二度、三度行くことも増えました。でもやはり私にとって旅は、普段とは違う非日常の面白さにあるようです。何かを初めて見た時に「いいな」と感動したり、「そうなんだ」と発見できることは大きな喜びです。それを求めて旅に出ているのです。

## 旅の思い出を持ち帰る

旅の写真や資料を整理していたら、懐かしいものがいろいろ出てきました。五〇年以上前の旅行のスケジュール表にパンフレット、エアチケットの半券、クルーズの食事のメニュー、外国で観た映画の半券……。

笑ってしまったのが、ビニール袋に入った手のひらほどの大きさの肌色の硬い紙。

何かというと、花火の燃えカスです。いつだったか秋田県大曲《おおまがり》の花火大会を見に行った時に、たまたま私の鞄《かばん》の上に落ちてきたので、うれしくて大事に持ち帰ったのでした。

こんなものまで後生大事《ごしょうだいじ》に取っておくのですから、自分でも嫌になってしまいます。どうやら私は「断捨離《だんしゃり》」とは無縁のようです。

居間のテレビの前に置いてある赤い小さな石は、南米ギアナ高地のエンジェルフォールで拾ってきたものです。エンジェルフォールは世界最大の落差を誇る滝です。一〇〇〇メートル近い山の上から断崖絶壁を落ちてくるので、途中で水が霧《きり》になって消えてしまうのです。滝なのに滝壺《たきつぼ》がないなんて、面白いと思いませんか？　前からずっと行きたいと思っていたところだったので、記念に石を頂戴して、はるばる地球の真裏の日本まで持ってきました。

オーストラリアのエアーズロックやエジプトでは、砂を持ち帰ってきました。

自分が訪ねた土地のカケラというのは、その時の感動を時に写真以上に思い出させてくれていいものですよ。しかもタダです！

お金を出してお土産を買う時は、必ずその土地のものを買います。どこでも買えるブランド品には昔から興味がありません。

我が家の玄関には、お気に入りの置物が二つあります。猫とペンギンです。立ち姿の猫の置物はバリ島で買ったもので、バリにしかない形だそうです。一五〇〇円くらいで買えました。

木製のペンギンは南極に行った記念のお土産です。本物のペンギンと同じくらいの大きさで、アルゼンチンのお店で一目惚《ひとめぼ》れして、船に乗せ我が家へ連れて来ました。

昔から集めているのはフクロウです。最初に「縁起《えんぎ》が良いから」といただいたのを機に、旅に出るたびに買って帰るようになりました。フクロウをモチーフにしたお土産というのは、たいていどの国にもあるのですね。丸くてふわっとしたあの感じが、なんとも言えず好きです。

そういうわけで我が家には、日本や世界のお土産がいっぱい飾ってあります。他人にはなんでもないものも多いですが、見ていると楽しかった旅を思い出していいものです。同時に、今度はどこに行こうかしらと、早くも思いを巡《めぐ》らせています。

# 2章

# 自立への旅

## ——十代と二十代

# 母からの自立

## 大阪で暮らした十代

小学校四年に上がる時に、京城から母と二人で大阪に引き揚げてきました。

朝鮮に残った父はたまにしか帰ってこなかったので、大阪にいた十代は、家族旅行にも連れて行ってもらえず、家で本を読むか、勉強ばかりさせられていたと記憶しています。

そんな中、小学校の夏季学校で高野山《こうやさん》に行ったのは楽しい思い出です。お寺のそばにたくさんのお墓があって、明け方の暗いうちからお参りをしました。ただ食べるものが満足になくて、あったものといえばがんもどきくらい。お寺参りとがんもどきなんて、とても楽しい夏季学校とは思えないでしょうが、それでも家を離れて同級生と過ごす時間は、子どもにとったら冒険のようにワクワクしたものです。

一人っ子で友だちもあまりできなかったので、家では「キング」という娯楽雑誌をよく読んでいました。「キング」は小説や講談《こうだん》、笑い話などが載《の》っている戦前の大人向けの雑誌です。普段見慣れた教科書や子ども向けの本と違って、文章の間に漫画や写真もたくさん載っています。ここまで読んだら次はどこに行けばいいのかなと考えて、それがわかるとうれしかったことを覚えています。一冊の中にゴチャゴチャ詰《つ》まっている感じが変わっていて面白かったのでしょう。

女学校の時は、小島政二郎《こじままさじろう》の小説が好きでした。小島政二郎は後に著名人の伝記小説なども多く書かれていますが、当時は大衆小説を書く人気作家でした。読み始めるとつい止まらなくなってしまいます。学校で数学の時間にもこっそり読んでいたら、先生に見つかって立たされてしまいました。

おまけにそのことを母に報告され、怒った母は私の本棚にあった小説や雑誌を全部捨ててしまいました。気性の激しい母でした。

その頃、母の注意はすべて一人娘の私に注がれていました。父は仕事人間で家にほとんど帰ってきませんでしたから、母も寂しかったのかもしれません。とは言え、年頃の娘にとって、過度に干渉《かんしょう》されるのは迷惑でしかありません。私が東京の大学に進学を決めたのも、母の重すぎる愛情から逃げるためでした。

そんな女学校時代、一つ楽しみだったのがマツタケ狩《が》りです。年に一度、秋に親戚一同が集まる橋田家の恒例行事でした。父もこの時は家に帰って来ます。

マツタケ狩りの日、私たち家族三人は南海《なんかい》電車に乗って和歌山まで行きました。父が和歌山に船を持っていましたから、男衆はその船に乗って魚を捕まえに、女衆は山でマツタケ採《と》りです。私たちが採ったマツタケと父たちが捕まえた魚を、みんなで山で焼いて食べたのが良い思い出です。

自然の中で、家族も親戚もみんながニコニコしながらご飯を食べるというのは、子どもにとっては特別に楽しい時間でした。

## ヤキブタタベルナ

今なら母の愛情だったと思えることも、当時はとにかく重たく感じていました。「母の愛が重かった」なんて言えば格好《かっこう》がいいですが、要はわずらわしかっただけです。今の人なら「うざい」でしょうか。

私の家は大阪の堺《さかい》にありました。女学校時代の楽しみと言えば、学校帰りに友だちと甘いものを食べながらおしゃべりをすることでした。「駿河屋《するがや》」というお菓子屋さんで、あんみつなんかを食べるのが好きでした。「駿河屋」はあの歌人の与謝野晶子《よさのあきこ》さんのお里、つまり生家で、地元では有名なお店でした。

しかし、友だちと楽しい時を過ごして「駿河屋」を出ると、私の気分は一気に暗くなります。家の近くまで来ると母がこちらを見て立っているのです。帰りの遅い娘を心配してのことですが、「またか」とため息が出ます。

母は私が学校から帰る時間をいつも計《はか》っていました。少しでも遅いと学校に電話をして「まだ帰っていませんが、もう出ましたか?」と確認していたようです。本当に嫌でした。

母の重すぎる愛情でもう一つ強烈だったのが、小学六年の卒業旅行での出来事です。それは夏の初め、淡路島《あわじしま》に行きました。淡路島行きの船の中でお友だちと騒《さわ》いでいた時、母から電報が届いたのです。電報と言えばたいてい悪い知らせを想像します。でも、先生が「どういう意味だろう？　これは」と持ってきてくれた電信文は、確かに暗号のようでした。

「ヤキブタタベルナ」

私にはピンときました。さっき食べたお弁当の中に、母の手作りらしき焼豚《やきぶた》が入っていたのです。その日、急に気温が上がったので、焼豚が傷《いた》んでいるといけないと思ったようです。だからといって普通、船に電報をよこしますか！　しかも、その焼豚はもう私のお腹《なか》の中だったのです。

何かにつけ「あれをしちゃダメ」「これもダメ」と言われていました。味噌汁《みそしる》かけご飯もその一つです。急いでいる時はご飯にお味噌汁をかけてぱぱっと食べて出たいのですが、「それは乞食飯だ」と叱《しか》られました。

私は母の分身でもなければ所有物でもありません。うんざりでした。

## 五つのお弁当

女学校時代は母と口を利《き》くのも、そばにいるのも嫌でした。反抗期です。母とは考え方が大きくズレていました。母は、女の幸せは結婚して子どもを産み育てるものと思い込んでいました。だから自分の娘は、女学校を卒業したら大阪の専門学校に進んで、お婿《むこ》さんをとって家を継《つ》ぐものと勝手に決めていたのです。もっとも当時の人の価値観で言えば、それが普通かもしれません。

でも、私にはそんな気はさらさらありません。自分の将来のことは自分で考えたい。親が敷《し》いたレールに乗るのは絶対に嫌でした。それ以上に母といるのが息苦しくて、早く逃げ出したかった。親元を離れ、東京の大学に行こうと思ったのはそのためにです。どの時代にもある世代間ギャップですが、今の若い人たちが、何が何でもいい大学に入れと親にお尻《しり》を叩《たた》かれているのを見ると、うらやましくなります。

私は両親に内緒で、東京の日本女子大学《にほんじょし》に願書を出しました。この時、試験会場は大阪にも設《もう》けられていたので、母に受験を怪《あや》しまれることもありませんでした。そして届いた合格通知。これで東京に行けると思うと、本当にうれしかった。と同時に、それは修羅場《しゅらば》の始まりでもありました。

娘に騙《だま》されたばかりか、母は最愛の娘と離れ離れに暮らすことなど考えられなかったようです。戦時中の大阪と東京の距離は、今とは比べものにならないほど遠いものでした。がんとして許してくれません。母の気持ちがわからないではありませんが、私の考えも変わりません。母と娘、ヒステリックな言い合いが何日も続きました。

その間に入ってくれたのが、大阪の伯母でした。妹である母に「親元を離れたら、辛抱できずにすぐに帰って来るのがオチよ」と説得してくれ、ようやく許してもらえました。

それからの母は、もう反対もせず文句も言わず、大学の寮《りよう》に入る私が困らないようにと、こまごました生活用品などを準備してくれました。やはり自分の目の届かないところに行く娘が心配で仕方がないのです。

東京行きが近づいた日のある明け方、私がトイレに起きると、居間の明かりがついていました。母は徹夜で縫物をしていたようです。声をかけようと近づいた私は、立ちすくみました。母が声を殺して泣いていたのです。

泣きながら針を運んでいたのは、私に持たせるネルの寝巻でした。その姿に、自分がしている親不孝に胸が痛くなりました。親の深い愛情が、私の胸に深く突き刺さりました。しかしその一方で、身勝手な娘にそうまでする母のことが、どうしてもやりきれないと感じる自分もいたのです。

そして、いよいよ東京へ出発する日。

大阪発、東京行きの鈍行列車。念願の「自立の旅」です。

母は私に、列車の中で食べるようにとお弁当を五つ持たせてくれました。当時、東京までどれくらい時間がかかったか覚えていませんが、お弁当を「一から順に食べるように」と念を押されました。

包みにはそれぞれ番号が書いてあり、「一」の包みには私の大好物の生焼けのローストビーフが入っていました。「五」には肉の佃煮《つくだに》が入っていたと思います。鈍行列車での長い旅、傷みやすいものから順に食べるための番号でした。私の東京行きをあれほど反対した母の細やかな心遣いがしみじみありがたかった。

三等車でお弁当の包みを一つ開けるたび、さまざまな母の顔を思い出しながら、ありがたくいただきました。

## 自立の旅もすぐにホームシックに

一七歳の春だったと思います。親元を離れ、晴れて東京での生活が始まりました。自分の決めた道を自分の足で歩いていく第一歩です。

ところが、そう簡単なものではありませんでした。「自立の旅」はすぐに後悔へと変わりました。伯母の「辛抱できずにすぐに帰って来る」という言葉が、現実のものになりつつあったのです。

女子大の寮生活はとにかく大変でした。規則ずくめで自由なんてありません。実家にいた頃は母がなんでもやってくれましたが、寮ではお風呂やトイレの掃除、炊事などもすべて生徒が当番制でする決まりになっています。トイレの使用済みの衛生用品を裏山で焼却するのは下級生の仕事で「なんで私がこんなことを」と思いました。

母は子どもが台所をうろうろするのは卑《いや》しいことだと言って、私に食事の支度《したく》や後片付けもさせませんでしたから、包丁《ほうちょう》を握ったことすらありません。「じゃがいもを切って」と言われても、やり方がわかりません。家政科のお姉さま方に小言を言われながら、一つひとつ指導を受けました。

一番苦労したのは言葉です。女子大は「ごきげんよう」「ごめんあそばせ」の世界です。いいところのお嬢様ばかりの中で、私は間違って入ってしまったようなものです。しかも大阪弁です。

最初の挨拶《あいさつ》での出来事は、今も忘れもしません。みんなの前で「こんなええ学校にはめていただきまして」と言ったら、ワーッと笑われたのです。わけがわかりません。すると上級生が「あなた、はめるって指輪じゃございませんこと？」って。「はめる」というのは「入れる」という意味の徳島の言葉です。母が徳島出身でしたから、私は大阪弁に加え、徳島弁も小さいうちから染みついていたのです。方言を笑われたことはとてもショックでした。

実家は大阪の堺にあって、堺といえば与謝野晶子や千利休《せんのりきゅう》の出身地です。自分では文化都市だと誇りを持っていたのですが、この事件以降、ものが言えなくなってしまいました。何かしゃべって、また笑われるのが怖かったのです。特に人が集まる場では口を固く閉ざし、皆さんが話す標準語をひたすら聞いて勉強しました。

標準語のイントネーションがだいたいつかめて、少しずつしゃべれるようになるまでに一年くらいかかったでしょうか。今もまったく方言が出ないのは、当時のトラウマだと思っています。

そんな寮生活でしたから、入学早々からホームシックです。私を甘やかしてくれた母が恋しくてたまらなくなりました。寮の前の道に植えられたツツジが咲くのが待ち遠しくてたまりません。ツツジが咲くのはちょうど夏休み前の頃。夏休みになれば実家に帰れるのです。

ようやくツツジが咲いて、私は女子大を辞めるつもりで、荷物をまとめて実家に帰りました。入学からわずか四カ月にして、早くも挫折《ざせつ》です。母は母で、そのことを打ち明けると大喜びで迎えてくれました。

ところがです。母と一日一緒にいると、やっぱり喧嘩《けんか》になってしまうのです。いちいち干渉されることがどうにも我慢できません。私も生意気でしたから、つい反抗してしまいます。結局、夏休みが終わる頃にはまた荷物をまとめ、東京行きの列車に乗っていました。

## 東京と大阪の往復は二等車で

最初に大阪から東京に出てきた時は、鈍行の三等車でした。両親の反対を押し切っての進学でしたから、父から「贅沢《ぜいたく》はさせるな。三等車だ」と言われていたのです。私も「自立の旅」とは言え金銭的に援助はしてもらっていたので、できるだけ親に負担をかけてはいけないと思っていました。

その後、夏休みや冬休みなど何度か東京と大阪を行き来しましたが、三等車ではなく必ず二等車に乗りました。戦争が始まって物騒《ぶっそう》になってきたので、今度は心配した父が「二等車に乗りなさい」と言ってくれたというわけです。

父は軍の仕事もしていましたから、軍の人間と一緒なら安心だと考えたのかもしれません。二等車に乗っているのは将校《しょうこう》さんばかりで、一般の人、それも若い娘の姿はありませんでした。

そんな東京と大阪の往復で、大変だったのがチッキです。

チッキと言っても今の方はご存じないでしょうね。鉄道で運ぶ手荷物のことです。大きな荷物は行李《こうり》に入れて自分たちで駅まで運んで預け、駅に到着した荷物は受け取りに行かなくてはいけませんでした。空港でスーツケースを預けるのと同じです。その預り証のこともチッキといいました。なんでも、預り証の英語「チェック」が訛《なま》って「チッキ」になったのだとか。

チッキが必要な時は、女子大のお友だちとリヤカーを借りて、駅まで荷物を持って行ったり、受け取りに行ったりしました。布団や衣類など生活用品一式となると、これが本当に一苦労でした。その苦労を何度も味わったので、宅配便というものができてどれだけ助かったかしれません。つくづくありがたいなと思います。

# 戦争の記憶

## 女学校の修学旅行は皇居の掃除

大学に入る前、女学校時代の修学旅行も、今考えるとみじめなものでした。戦争中ですから普通の修学旅行なんか行かせてもらえません。皇居の清掃という勤労奉仕の名目でようやく行くことができました。

夕方、大阪から夜行列車に乗って、東京に着いたのは翌朝九時頃だったでしょうか。当時は寝台車なんてありません。ほかの学校も一緒だったので三等車両をいくつか貸し切りにして、腰かけたままで一晩を過ごすのです。

それでも東京に行けるなんてうれしかった。

清掃の時は、みんな頭に日の丸の鉢巻《はちま》きをして、割烹着《かっぽうぎ》を着ました。皇居の前を掃《は》いたり、芝生の上で草を抜いたり。一日ご奉仕をしました。

泊まったのは浅草《あさくさ》の大きな旅館です。でも旅館には食べ物がほとんどありませんでした。東京で商売をしている伯母の家には食べ物はいくらかあって、おはぎや甘いものを作って持って来てくれたので助かりました。

あとは、隠《かく》して持ってきたお菓子を食べたり、布団の上でおしゃべりをしたりして過ごしました。そんな時に突然、サイレンが鳴り出したのです。私が「なんで？」と言うと、先生が「敵の飛行機が来るはずないけどな」と言いました。

空襲警報です。それにしては呑気《のんき》なやりとりと思われるかもしれませんが、空襲警報というものを初めて聞きましたし、浅草辺りでもその時が「初めて」と言っていました。敵の飛行機が飛んできて私たちに爆弾を落とすかもしれないなんて、この時は考えてもいませんでした。

今なら、飛行機から爆弾が落とされる映像がすぐに思い浮かぶかもしれません。でも、そのことを知らなければ「いったい何に警戒するの？」です。戦争というものの本当の怖さをまだ知らなかったのです。旅館の電気が消されて真っ暗になったので、それにびっくりしたくらいでした。

それにしても、学生最後の修学旅行なのに食べ物はないし、空襲警報が出て真っ暗だなんて、本当に悲惨です。旅にハプニングは付きものですが、こういう自分たちではどうしようもできないことには気が滅入《めい》ります。

この修学旅行は、今振り返っても思い出に残る旅の一つです。

## 山形で「日本にはまだ食べ物がある」

大学時代の話に戻りましょう。戦争が終わり、十月から大学が始まるというので、私は目白《めじろ》の寮に帰っていました。

寮に戻っていた学生は一〇人くらい。食べ物は相変わらずありません。配給されるのも、うどぐらいです。うどんではありません。山菜《さんさい》のうど（独活）です。配給が行なわれる場所まで下級生がもらいに行くのですが、そこから寮までけっこうな道のりを、うどを担いで一生懸命運びました。

寮に戻ると、それをみんなで料理します。上級生から「皆さん、うどで我慢《がまん》あそばせ」と渡されるのですが、ウマやウサギじゃないんですから、さすがにうどだけというのにも限界があります。我慢あそばせられません。

「これでは飢《う》え死にしてしまう」と思い、友だち二人と一緒に山形に行くことにしました。東京の伯母が山形に疎開《そかい》していたので、頼ることにしたのです。

これが私にとって、普段の生活を離れた初めての旅です。とはいえ生き延びるための手段ですから、もちろん楽しみでもなんでもありません。それも東京と大阪くらいしか知らない私には、山形は途方もなく遠く思えました。

上野駅で切符を買うのに二晩並びました。東京を離れていく人がそれほど多かったのです。今はインターネットですぐに予約できてしまう時代ですから、考えられないでしょうね、切符を買うだけで二晩だなんて。

食べ物もない中、三人で切符の順番が来るのをじっと待ちました。代わりばんこで駅のトイレに行きましたが、汚いのでできるだけ我慢しました。

本当にお腹《なか》がすきました。すると、近くで並んでいた同じくらいの年の女の子が、食べ物を分けてくれたのです。それも飴とチョコレートと干しバナナのようなものを。驚いて「あら、あなた、いっぱい持ってるのね」と言ったことを覚えています。

進駐軍と仲が良ければ、そういうものがもらえたのです。思わぬ親切とおしゃべりで、滅入っていた私たちも少し元気が出ました。

わずかな食べ物を分けてあげる光景は、列に並ぶほかの人たちの間でも見られました。自分も大変な思いをしているのに、困っている人のことを思って助け合えるのは日本人の良いところですね。

ようやく買えた山形行きの切符を持って三人で乗り込んだのは、メリケン粉を積んだ貨車でした。あっという間に顔も体も粉で真っ白です。

それも押しくらまんじゅう状態で、もちろんトイレなんてありません。途中、列車が止まると、線路の向こうの道端まで用を足しに行くのですが、高い荷台からの乗り降りも、ヨッコラショとひと苦労です。道端でのトイレは友だちに風呂敷で囲ってもらって済ませました。

山形までは想像以上に長い旅でした。

この列車の旅の記憶は、大河ドラマ『いのち』で、ヒロインが焼け野原の東京から弘前《ひろさき》に帰郷する場面に生かしました。

山形駅に着くと、伯母の知り合いの材木屋の方が荷車を引いた馬車で迎えに来てくれていたので、私たちは長旅で疲れ切った体を荷車の材木の間に滑《すべ》り込ませました。

道中、荷車の後ろにちょこんと乗って揺られながら見た風景は、それまでの苦労が吹き飛ぶものでした。今でも鮮やかに甦《よみがえ》ります。どこまでもどこまでも続く田んぼは、見渡す限りの黄金の波。大阪も東京もみんな焼け野原の灰色でしたが、ここ山形は実りの秋を迎え、はるか向こうまで稲穂がこうべを垂れていたのです。

「国破《くにやぶ》れて山河《さんが》あり」――ああ、まったくそのとおりだと思いました。唐《とう》の詩人杜甫《とほ》は、安禄山《あんろくざん》の反乱で見る影もなく荒らされた都長安《ちょうあん》を詠じました。黄金に輝くその光景を見て、「日本にはまだ食べ物がある」「日本はまだ生きられる」と心に強く思ったのです。

伯母が頼んでくれて、私たち三人は駅まで迎えに来てくれたその材木屋さんにお世話になることができました。

材木屋のおばさんはとても親切な方でした。私たちがお腹をすかせているだろうと持ってきてくれたのが、小豆餡《あずきあん》のおはぎ。おはぎなんてもちろん久しぶりですから、夢中になって食べました。すると、おばさんに「そんなに食べるな」と言われてしまいました。あまりにお腹がすいていたので、きっと意地汚く食べていたに違いないと自分が恥ずかしくなりました。

ところが、ほどなくして今度は、きなこや胡麻《ごま》、胡桃《くるみ》、枝豆をすりつぶしたずんだなど、なんと七色のおはぎが大皿に盛られて出て来ました。おばさんは、私たちに「食べろ、食べろ」と勧《すす》めてくれます。

山形弁だからよくわからなかったのですが、どうやら最初の「食べるな」は「小豆でお腹いっぱいになったら、ほかのが食べられなくなるから、そんなに食べるな」ということだったようです。おはぎの山を前に、信じられない思いでした。この時ほど食べ物のありがたみを感じたことはありません。

私たち三人は、しばらく材木屋さんの倉庫で寝泊まりさせていただくことになりました。掃除など家のことを手伝おうとしたのですが「都会のお嬢さんはダメだ」と断られました。結局、大学が始まったのは十一月初めで、それまでの一カ月近くお世話になりました。

このわずか三カ月前、私は実家がある大阪で戦争の終結を告げる玉音《ぎょくおん》放送を聞きました。焼け野原には死体がごろごろしていました。身元不明ということもあるでしょうが、死体の引き取り手がいないのです。それに誰もが、自分が生きるのに必死で、身内が死んでも誰も同情などしてくれない時代です。そういう状況でしたから、この一カ月、材木屋のおばさんたちの情にどれだけ救われたか。

この山形の旅で「人生、まだまだ捨てたもんじゃない。これから生きていける」という強い気持ちが湧いてきたのです。

前章で、奉公《ほうこう》に出される子どもが筏《いかだ》で最上川を下ったという話をしましたが、それはこの材木屋のおばさんから聞いたものです。材木屋は山から切り出した木材を下流の町まで運ぶのに、筏を組んで川に流していましたから、その筏に子どもたちを乗せたのです。

子どもたちは奉公先からもらっていた舟賃を貧しい親にあげてしまい、自分たちは危険を承知で材木屋の筏にただで乗せてもらったのです。

二〇歳の時に聞いたその昔話が心に強く残っていたので、働き始めて間もない二十代半ば、自分の足で最上川を下流までたどる旅に出ました。そして五十代になって『おしん』を書く時に、筏下りを一つの象徴的な場面として盛り込んだのです。

ですから、おしんと名付けた架空の少女は、じつは二〇歳の頃からずっと私の心の隅っこに生き続けてきた存在でもあるのです。

これは余談ですが、材木屋のおばさんのことで今も鮮明に覚えていることがあります。お茶の入れ方です。五〇センチはあろうかという高さから、お茶をピューッと曲芸のように注ぐのです。そうやって冷ましていたのだと思いますが、何度やってもこぼさず見事にお湯呑《ゆの》みに入るので、尊敬してしまいました。

今、『相棒《あいぼう》』というドラマで水谷豊《みずたにゆたか》さんが紅茶を高いところから注いでいますが、あれを見るとそのおばさんを思い出します。

## 箪《たん》笥《す》臭かった香《こう》草《そう》は戦争の記憶

戦中戦後の食べ物も満足にない時代、楽しみと言えば、商売があたってお金があった東京の伯母の家で、お腹いっぱいご飯を食べさせてもらうことでした。

顔を合わせれば喧嘩になってしまう母も、離れて暮らす娘の私を心配して、大阪からしょっちゅう手紙や食べ物、衣類を送ってきてくれました。そんな母の優しさにどれほど心が慰められたかしれません。親というのは本当にありがたいものです。

そういえば以前、関口宏《せきぐちひろし》さんの旅番組で、赤木春恵《あかぎはるえ》さんと一緒にフランスのアルル地方に行ったことがあります。その時、アルルの郷土料理をいただきました。煮込みのようなものだったと思います。ひと口いただいたのですが、私はどうも香草の匂いが気になって、おいしいとは思えません。

赤木さんにそっと「ねぇ、戦争中の匂いがしない？」と聞いてみました。すると赤木さんも「そうね。なんでも簞笥の中にしまっておいたものね」とおっしゃって、二人で大笑いです。

どういうことかと言うと、私たち戦中派は、いただいた食べ物をよく簞笥にしまっていました。食べ物は何より大事ですから、いざという時のへソクリみたいな感覚かもしれませんね。ですから、簞笥から出して食べる時にナフタリンの匂いがついてしまっているのです。母が送ってくれた食べ物も私は簞笥にしまっていました。

その香草がほかのどのお料理にも使われていたので、何を食べても簞笥の匂いです。おいしくありません。後から「関口さんの番組で〝まずい〟と言ったのは初めてだ」と言われてしまいましたが、お料理がまずいというよりも、私には戦争の嫌な思い出と重なったのです。

アルルはフランスの歴史ある観光都市ですが、そんなわけで私には「簞笥の匂い」として心に刻み込まれてしまいました。

# 結婚よりも

## 自分で稼いだ学費

両親は、私が日本女子大を卒業したら、今度こそすぐに結婚させようと考えていました。父はその頃、セラミックの研究をしていたらしく、父の部下でセラミックの研究をしている人がそのお相手でした。

もちろん私にそんな気などありません。

しびれを切らした父が、その人を東京に連れて来て、銀座の資生堂《しせいどう》パーラーで三人で食事をすることになりました。

資生堂パーラーなんて高級なお店に行くのは初めてでしたし、父と外食したのもそれが初めてでした。お相手の方のことはあまり覚えていないのですが、代わりによく覚えているのは、その時に食べたのがカエルだったことです。戦中に豚や鶏《とり》の肉なんて贅沢《ぜいたく》なものはなくて、高級レストランの資生堂パーラーで出せたのがカエルだったのでしょう。

結婚にはまったく興味がありませんでしたし、実家に戻るのも嫌でした。そこで東京に残るための手段として考えたのが再び大学に入ることです。女子大の間はずっと戦争ですから、勉強も満足にはできませんでしたし、良い思い出がほとんどなかったのです。

四年生になると終戦の混乱も少しは落ち着いてきたので、日本女子大を卒業したら、もう一度しっかり学生生活を送ろうと受験の猛勉強を始めました。そして、早稲《わせ》田《だ》大学に合格しました。東大も受けたのですが、こちらは見事、落ちてしまいました。

勝手なことをした私に、両親は激怒しました。学費も一切出さないと言われましたが、私は自分で決めた道に進むことにしました。

勘当同然《かんどう》でしたから、入学金と授業料は自分で稼《かせ》ぐよりほかありません。その頃、東京の伯母夫婦はアミノ酸の醤油《しょうゆ》を作っていたので、アルバイトでそれを売り歩くことでなんとか工面《くめん》しました。アミノ酸醤油といっても、ご存じないかもしれませんね。大豆《だいず》が手に入りにくかった戦争の終わり頃から終戦にかけて、醤油の代用品として作られていたんです。物がない時代、方々にこれを売って歩いたのです。

それでも貧乏でしたから、住まいも伯母の家の横の掘立小屋《ほったてごや》に居候《いそうろう》です。本当にお金がない時は通学の電車代も節約して、品川《しながわ》の伯母の家から学校まで歩いて通ったこともありました。

## 早稲田の仲間と山へ

早稲田の学生生活は面白いものでした。私は演劇部でしたが、友だちにワンダーフォーゲル部の子がいて、そのワンゲルの仲間にくっついて何度か山に登りました。

行ったのは関東近辺の低い山ばかりですが、高尾山《たかおさん》の紅葉は本当に見事でした。昔はバスが走っていませんでしたから、今のバス通りも全部徒歩。平地をトコトコトコトコひたすら歩いて、それからようやく山登りが始まります。泊まるところも粗末な山小屋に押し合いへし合いの雑魚寝《ざこね》です。

今も紅葉の時期になると、たまに「高尾山に行こうかな」と思うのですが、テレビのニュースなどで高尾山の紅葉と一緒に映し出される人の多さに、行く気を失くしてしまいます。「ケーブルカー待ち一二〇分」のアナウンスを聞いた時は、昔とはもう別世界なのだと思いました。

立山《たてやま》にも登りました。今は室堂《むろどう》あたりまでバスが通っていますが、やはり昔は立山駅で電車を降りたら、そこから歩いて登ります。リュックや手袋も自分で作って行きました。女子大の四年間で裁縫や料理など、ある程度は身についていました。リュックは袋の形に縫《ぬ》ってから背負うための紐《ひも》をつければいいので比較的簡単です。でも、手袋は難しくて時間がかかりました。手の形に縫い合わせた袋に綿《わた》を詰《つ》めて、まるで野球のグローブのような仕上がりになりました。丈夫《じょうぶ》で寒さも凌《しの》げる出来でしたが「かわいい」とは程遠い代物です。

かわいくて機能的なものがいっぱいある今と違って、昔の「山ガール」は大変だったのです。

私は特別に山が好きだったわけではありません。それよりも一緒に行くワンゲルの仲間と過ごす時間が好きだったのです。テントを張って野宿《のじゅく》もしました。いつもだいたい男女一〇人くらいで登っていましたが、テント張りでも食事の支度《したく》でも、みんなで協力したり、助け合うことが何より楽しかったのです。

「あ、おにぎり落としちゃった」と私が言えば「じゃあ、これ食えよ」なんて男の子がおにぎりをくれて、自分は落ちたおにぎりの土をはらって食べている。そんなちょっとした優しさがうれしくて、仲間同士の連帯感はすごく心地良いものでした。

# 3章

# 一年の二〇〇日を貧乏旅行

## ——日本を知る、人を知る

# 地図と時刻表を手に

## 女はシナリオライターになれない？

そもそも自分がシナリオライターになるとは思ってもいませんでした。小さい頃から作文は苦手でしたし、自分には創造性やオリジナリティはないと思っていましたから。ただ、文献をコツコツ調べるのは好きでした。

日本女子大の学生だった頃は、国語学者であり言語学者の大野晋《おおのすすむ》さんに憧《あこが》れていました。卒業論文のテーマも「新古今《しんこきん》和歌集における『つ』と『ぬ』の研究」です。「つ」は完了形で使うとか、「ぬ」が動詞の連用形に付くとどうとか……今考えると、どうでもいいテーマですね。でも、当時は先生方からも評価され、自分も言語学の道に進むつもりでした。

女子大を卒業後、早稲田大学の国文科に入学しました。でも女子大時代とあまり変わらない内容だったため、一年で国文科に見切りをつけ、芸術科に転科しました。そこで演劇青年や映画青年と出会い、芝居の世界に惹《ひ》かれていったのが私の人生を決めることになったのです。

二年の時、松竹が脚本部員を募集していることを知りました。給料をもらえるうえに脚本の書き方まで教えてくれると聞き、ほかの学生と一緒に受けに行きました。

入社試験を受けたのは一〇〇〇人あまりです。そのうち五〇名がシナリオライターとして養成され、半年後に二五名が残り、その中にいた松山善三《まつやまぜんぞう》さんや斎藤武市《さいとうぶいち》さんは演出家の部門へ。脚本部は最終的に六名が社員として認められ、そこには脚本家の山内久《やまのうちひさし》さんもいました。女性は私一人です。本当は演劇に興味があって戯曲を書こうと思っていたのですが、社員の一人から「これからは女性も映画作りで活躍する時代だ」と言われ、映像の世界で頑張《がんば》ってみようと思ったのです。

新人六名のうち三名は大船撮影所、三名は京都の撮影所に配属されることになり、私は京都組です。この京都には、昔ながらの徒弟制度が厳として残っていました。私たち弟子はいろいろな先生の自宅や旅館に泊まり込み、ひたすらお手伝いをするのです。

さらに、仕事中にお茶を入れたり、配膳の手伝いやお酌《しゃく》などは、女である私に当然のように役目が回ってきましたから、面白くありません。それが態度に出ていたのでしょう。先生からは何度か嫌味を言われました。「酒は飲めないし、麻雀《マージャン》は嫌い。遊び相手にもならない」とまで言われ、挙句《あげく》に「生意気だ。女なんか入れたのが間違いだ」です。

向こうにしたら、女性の弟子は初めてですから、扱いに困ったことも多分にあったでしょう。泊まりの仕事となれば、女性である私一人のために部屋を別に用意する手間もあります。しかし、入社時に「初の女性シナリオライター」と持ち上げられていた私は、そういうことに気づかないほど不遜《ふそん》だったのだと思います。

先生のお宅の犬の散歩までさせられ、頭にきた私は犬を蹴飛《けと》ばしたりしていました。翌日、犬が私に向かって吠《ほ》えるので、奥様から「あなた、犬をいじめたでしょ」と睨《にら》まれ、弟子もクビです。でも仕事に男も女もないと思っていた私は、クビになってむしろせいせいでした。

そのまま仕事を完全に干《ほ》されたのはショックでしたが、基本給はもらえたので、これ幸いと時間を見つけては旅に出るようになりました。脚本部は仕事がなければ出社する必要もない部署なのです。

ただ、シナリオを書く仕事は諦《あきら》めませんでした。そして、先輩の「書けるようになるには一〇年かかる」という言葉を信じて一〇年勤めました。ところが仕事はまったく回してもらえません。そこへきて秘書室へ異動の辞令です。映画が斜陽《しやよう》になり、人員整理が始まったのです。アホらしくなって私は松竹を辞《や》めることにしました。

この下積みの一〇年間が無駄だったとは思いません。仕事の厳しさや辛抱《しんぼう》することの大切さを教えてもらいました。おかげで映画はきっぱり諦めて、テレビの世界へと踏《ふ》み出す決心もできたわけです。演劇の世界に興味を持ったことに始まり、映画、そしてテレビへと移る中で、私に合うのはやはりテレビドラマの世界だということもわかりました。

また、当時は仕事に男も女もないと思っていましたが、女性の感性を生かす仕事をすることにこそ、女性が職場に進出する意義があるのではないか。そのことに気づいた私は、女でなければ書けない脚本を書こうと思うようになりました。

そして何より、暇《ひま》を見つけて行っていた旅には多くの学びがありました。知らない世界の人たちとの交流を通して感じたことや見たことを、ドラマの登場人物に託《たく》せば何千万人という方に見ていただけます。

女子大の頃はシナリオライターになるとは夢にも思っていませんでしたが、この仕事に就《つ》いて後悔はまったくありません。心から良かったと思えます。

## 旅に出て初めて日本がわかりはじめる

旅らしい旅に出るようになったのは、働き始めて間もない二五歳くらいからです。十代や二十代前半は戦時中でしたから、とても旅などできる環境ではありません。それが終戦後にどこへでも行けるとなった時、旅に出たい気持ちが抑えられなくなったのです。

休日ともなれば、鉄道とユースホステルを利用して日本中を旅しました。もうずいぶん前のことなのに、その頃の旅で見た風景はよく覚えています。

お金をなんとかやりくりして行く旅行でしたから、見られるものは全部見てやろうという気持ちだったのだと思います。カメラも高くて買えませんでしたから、心に焼き付けるしかありません。年を取ってお金ができてからの旅よりも、当時ははるかに真剣にいろいろなものを見ていた気がします。

旅の計画は、地図と時刻表を頼りに立てました。計画と言っても、地図を広げてまだ行っていない場所や乗っていない鉄道を探して、そこに行くだけです。帰ってきたら、飯田線《いいだ》に乗ったとか仙山線《せんざん》に乗ったとか、乗った路線を赤でマークしました。

行き先の町のことなどを事前に調べることもしません。パンフレットがあれば見る程度です。

海外旅行も同じです。旅番組などで、自分が行ったことのある国を取り上げているのを見て「そういうところだったのか」と初めてわかることはよくあります。じつは何年か前にバルト三国に行った時も、三つの国名も言えないくらいの知識でした。でも、それくらい空っぽのままで訪ねてみるというのも、それはそれでいいものです。話が逸《そ》れましたが、若い頃の旅で強く感じたのは、同じ日本でも生活圏からちょっと外に出ると、自分の知っている世界とはずいぶん違うということです。そのことに最初は驚きました。言葉も違えば服装も違う。お百姓さんの暮らしがあれば、まったく違う漁師さんの暮らしもあります。

どの地方もそれほど差がない今と違って、当時はその土地その土地の個性がはっきりとありました。だからよけいに見に行きたくなったのだと思います。北海道から九州まで、日本の隅々《すみずみ》まで鉄道で巡《めぐ》りました。

旅先で土地の人と話をすることで、日本というのはこれほどさまざまな人生観を持った人がいるのだと勉強になりました。今のような情報社会ではありませんから、どれも実際に行ってみて初めてわかることばかり。

もっと見たい、もっと知りたいという好奇心が、どんどん膨《ふく》らんでいきました。

## 女性の一人旅はお勧めできない

一人で旅に出るようになって困ったのが宿でした。六〇年以上前は若い女性の一人旅はまだ珍《めずら》しく、傷心旅行で自殺でもするのではないかと泊めてもらえないのです。困り果てて、交番のおまわりさんに泣きついて、一緒に宿まで行ってもらったこともあります。

そんな時に知ったのが、前にお話ししたユースホステルの存在です。ユースという言葉通り若者向けの宿ですが、年齢制限はありません。しかも安いのです。そのユースホステルが日本各地にあると知った私は「これだ！」と思いました。

三十代後半にユースホステルのグループで返還《へんかん》前の沖縄《おきなわ》を旅したことがあります。じつはこれが私にとって初の「海外旅行」になるのですが、後の項でお話しします。

その時に、一人で来ていた二〇歳くらいの女の子がいたので「一人は危ないわよ。私たちのグループに入りなさいよ」と声をかけました。彼女は「一人が好きだから」と言って加わらなかったのですが、爽《さわ》やかな子でなんとなく私と馬が合いました。

おしゃべりをしている間に「せっかくならアメリカのホテルに泊まってみよう」と意気投合して、初めて洋式のホテルに泊まってみることにしました。ご存じのとおり、返還前の沖縄はアメリカの統治下にあったので、洋式ホテルも建ち並んでいたのです。ところが興味津々《しんしん》で部屋に入ったら、だだっ広いだけ。大きなベッドが一つあるだけです。「これなら、狭い部屋で二段ベッドのユースホステルのほうがずっと面白いね」と言い合ったことを覚えています。

彼女に好感を持った私は、ユースホステル仲間だった日大の歯学部の学生さんと会わせ、結婚させてしまいました。その学生さんを狙っている女性はほかにもけっこういたので恨《うら》まれましたが、彼女のほうが絶対にお似合いだと思ったのです。

彼女の名前は竹井順子《たけいのぶこ》さんで、沖縄で出会ってから五〇年以上経った今も親友で、船旅にも一緒に行く仲です。

私も彼女もユースホステルを利用する一人旅はよくしていました。ユースホステルなら同室の子とすぐに仲良くもなれますし、特に不安もありませんでした。

でも、海外の女性一人旅はあまりお勧《すす》めできません。

事件に巻き込まれたというニュースも時々聞きますし、もしも私が親だったら絶対に娘を一人では行かせないでしょう。気の合う友だちを見つけて一緒に行かれたほうがいいと思います。

あるいはツアーに参加するのもお勧めです。別にほかの参加者と仲良くする必要もないので、団体行動をしながらも、案外一人の快適さは守られます。

旅はどんな場合も、未知の世界に入っていく面白さの一方で、危険も想定して行動しなくてはいけません。幸い私は旅先で身の危険を感じたことはありませんが、元気に帰ってきてこその旅です。

# ユースホステルが教えてくれた

## 一年の二〇〇日を旅で過ごす

松竹を退社してからしばらくは、フリーのライターをしていました。

主に書いていたのは少女向け小説です。当時、小鳩《こばと》くるみさんの写真小説（当時の人気少女歌手、小鳩くるみさんをモデルにした写真を挿絵《さしえ》の代わりに使った小説）や松島《まつしま》トモ子さんの少女小説（同じく、人気タレントの松島トモ子さんが写真のモデル）が人気でしたが、その頃少女小説を書いていて後に有名になった方はけっこういると思います。ほかにも週刊誌で取材記事を書いて収入を得ていました。

固定の給料がなくなった分生活は大変でしたが、伯母の家のバラックに住まわせてもらっていたので、家賃はタダです。オシャレにも興味はありませんでした。いくら洋服やアクセサリーで着飾っても、顔も中身もきれいにならないならつまりませんもの。貯《た》まったお金はほとんど旅に使っていました。三十代の頃は本当によく行きました。

ユースホステルの会員になると、会員証をもらえます。二つ折りの会員証で、泊まるとそこにハンコを押してくれます。宿の名前と日付が入ったハンコですが、そのハンコを数えたら、多い年には二〇〇個。つまり一年のうち二〇〇日も泊まっていました。どれだけ暇だったかがわかるでしょう。自分でも笑っちゃいました。

どこへ行くかは気まぐれです。夏に海が見たくなったら海へ行きますし、どこどこが良かったと聞けばそこに行ってみたり。

憧《あこが》れの北海道は「北海道均一周遊券」を利用しました。周遊券とは旧国鉄が売り出していたお得な切符のことで、目的地の区域内の駅なら乗り降り自由、しかも急行列車に普通料金で乗れるというものです。ユースホステルの仲間一〇人くらいで、鉄道を隅から隅まで乗り尽くしました。その周遊券は一カ月使えたので、網走《あばしり》なんて二度も行きました。

その時に寄った函館《はこだて》のお寿司屋さんは、その後も何度か行っています。何年か前にも日本一周クルーズで函館に寄港した時に立ち寄りました。行くことを事前に伝えておいたら、わざわざ上等なホッケをとっておいてくださって、おいしくいただきました。やっぱり北海道のホッケは最高です。

このお寿司屋の旦那さんや奥さんとは「お互い年を取ったね」とか「昔は貧乏だったのにね」なんて言い合う仲です。今も変わらず笑顔で迎えてくださるので、気持ちはいつも当時（半世紀前！）のままです。

## 着るものはセーター一枚あればいい

北から南まで日本には素敵な場所がいっぱいあります。北海道の美瑛《びえい》や、九州の霧島《きりしま》、湯布院《ゆふいん》もいいですね。日本は四季がはっきりしていることも旅心をそそります。違う季節に行けば風景はずいぶん違いますし、旬の味覚も楽しめます。

山形県にある立石寺《りっしゃくじ》も好きな場所の一つです。このお寺は「山寺《やまでら》」とも呼ばれ、

30代の頃使っていたユースホステルの会員証。宿泊先のハンコの数が200を超えた年もありました

芭蕉が「閑《しず》かさや岩にしみ入る蟬の声」の句を詠んだことで知られています。仙台から この立石寺がある山寺駅を通って山形まで行く仙山線にもずいぶん乗りました。

日本各地を泊まり歩きましたが、当時は旅の荷物もあまりなくて、鞄《かばん》に着替えを二日分くらい詰《つ》めるだけでした。下着なんて洗って干せばすぐに乾きますし、冬ならセーター一枚あれば大丈夫。身軽なものでした。

物がなくて不自由もしたでしょうが、それなりに工夫をしたり、人に借りたりして間に合わせていたのだと思います。

ユースホステルは相部屋で、一つの部屋に六人くらいが二段ベッドで寝ていました。しかし、それも全然嫌ではありませんでした。むしろ次から次へいろんな人がやって来るのが面白かったのです。

お客さん同士が喧嘩《けんか》をすることもありませんでした。会社員時代はシナリオライター同士が年中いがみ合っていましたが、ユースホステルでそういう光景は見たことがありません。むしろ助け合いの精神です。

ユースホステルの管理人さんのことをペアレントと言いますが、ペアレントの奥さ

早稲田の学生だった時にワンダーフォーゲル部の皆と立山へ。これは、山頂近くのケルン（積み石）で撮った記念写真の１枚

んが病気になったと聞けばお見舞いに行きましたし、お金がない人にはみんなで少しずつ貸してあげたこともあります。

昔は「郷《ごう》に入《い》っては郷に従え」の精神で、身一つでその世界に飛び込んでいた気がします。そこで自分のやり方を通そうとするのではなく、相手のやり方に従ってみることで、また新しい生き方が見えてくることだってあります。困った時の助け合いの精神も当たり前のようにありました。

旅は、便利で物質主義の世の中では得られない、大事なことを教えてくれます。

## 「ママ」と呼ばれて人生相談を受けた

最近のユースホステルは年齢層も広く、家族で利用する方もけっこういるようです。

私が利用していた五〇～六〇年前は、学生や社会に出て間もない若者ばかりでした。そのため三十代の私がたいてい一番年上で、よく「ママ」と呼ばれていました。

最初の頃は、シナリオライターという職業は隠《かく》していました。映画会社に勤める女性などいませんでしたから、なんとなく言い出せなかったのです。でも、何かのきっかけでシナリオライターだとわかってからは、たびたび身の上相談を持ちかけられました。物書きは人生経験が豊富だとでも思うのでしょうか。

三十代といえば普通は仕事や子育てに忙しい時期なので、私のようにフラフラ旅行をしているおばさんは話しやすかったのかもしれません。それに、二十代の人にとって一〇歳上の人間となると、確かに人生の先輩のように感じるでしょうから。

若い人たちから受ける相談は、恋愛や家業、親の問題も多くありました。

「長男だから家業を継《つ》がなきゃいけないけれど、自分は外へ出て弟に後を継がせたい」と相談され、私は「じゃあ出て行けばいいじゃない。その代わり後で財産が欲しいなんて言いなさんな。家を出るならスッパリ出るのよ」なんて答えていました。そういう考えは今とまったく変わりませんね。

ユースホステルのお友だち五〇人くらいで「シャロームの会」というのも作って一緒に旅行をしましたが、また別のグループでも旅行に行ったり、そこで知り合った新しい人たちとまた仲良くなったり。じつにさまざまな人から相談を受けました。

私自身も、三十代の頃は女が社会で働く難しさを身をもって感じていましたし、三五歳で退職してからは将来に不安も抱いていました。そういう時に、さまざまな人の人生に触れられたことはとても良かったと思います。人に相談されることで、自分の人生を客観視する良い機会になりましたし、私も頑張ろうと励《はげ》みにもなりました。

仕事に行き詰まっていたこの頃の旅は、自分にとって人生の羅針盤《らしんばん》を見つけるためのものだったといえるでしょう。

## 若衆宿《わかしゅやど》の勧め

ユースホステルでは、夜になるとみんなで庭に出て焚火《たきび》を囲んでいました。そこで踊ることもあれば、自分の今の生活や将来の夢や希望について語り合うこともあって、その時間がすごく好きでした。今の若い方たちはそういうことはしませんね。

当時、その語り合いの中でたくさんのことを学びました。

私のように純粋に旅を楽しんでいる人もいれば、日常のつらいことを忘れるために、心の慰《なぐさ》めとして泊まりに来ている人もいました。中には「母が亡くなったので、病気の父親の面倒をこれから自分が見なくてはいけない。だからユースホステルに来るのはこれが最後だ」という人もいました。

いろいろな人と知り合うことで、人間はひと色ではないとよくわかりました。そういう話を聞くうちに、私はあまり愚痴《ぐち》をこぼすこともなくなったし、自分を寂《さび》しい人間だと思うこともなくなりました。

集まって来ている若者は何かしら悩みや事情、不満を抱えていましたが、やはりユースホステルにいる間はのびのびとしているのです。きっと私と同様に旅が好きで、人間が好きなのだと思います。身分も職業も関係なく付き合えるのが本当に良かった。

昔、ユースホステルの看板に「若衆宿《わかしゆやど》」と書かれていたのを思い出します。「若衆宿」は若者が一定期間集団生活をして、社会性や共同生活の力を養うための宿のことで、それをユースホステルが洒落《しやれ》で掲《かか》げていたのでしょう。

私は今の若い人にも、昔のように共同生活をしてボランティアで汗を流す経験をさせてはどうかなと思います。最近は、身近で気の合う人とだけ付き合うことが多いのではないでしょうか。ましてや、スマートフォンなどで離れている相手と文字だけで会話ができてしまう時代です。

まったく違う家庭環境の人たちと一緒に寝起きをして、同じ釜《かま》の飯《めし》を食べ、苦労を共にする。そういったことは家庭や学校ではできない経験ですから、いい刺激になるはずです。

社会に出る前の一時期、少しでも共同生活の環境に身を置いたほうがいいと思います。

そうすれば視野も広がって、そうそう不平不満を感じなくなったり、他人を思いやれるようになるのではないかと思うのですが、いかがでしょう。

## お金がなくても旅をする

お金が本当にない時は、ユースホステルでボランティアをしました。先にお話ししたように、ユースホステルの管理人をペアレントと言いますが、親しいペアレントに「行ってもいいですか？」と電話を入れて、タダで泊めてもらう代わりにお手伝いをするのです。掃除や洗い物、布団干し、なんでもしました。

ボランティアが終われば、あとは普通のお客さんと一緒です。二段ベッドの一つに寝ましたし、食事をいただいたり、焚火を囲んでのおしゃべりにも参加していました。一週間とか二週間泊まっていたこともあります。

ユースホステルにいれば、いろんなお客さんが次々やって来るので「あなた、何をしている人？」「どこから来たの？」と聞いて、おしゃべりするのが楽しみでした。ふだんは職場の人としか交流がないので、違う世界のことを聞けるのが何より魅力でした。

日光《にっこう》や八ヶ岳《やつがたけ》、阿波《あわ》のペアレントには本当にお世話になりました。私を家族の一員のように接してくれるのがうれしくて、何度も行きました。当時はお金がなくても、そんなふうに自分なりに旅を満喫していたのです。

思えば、昔はお金がないことがそれほど大変だとも、みじめだとも感じませんでした。戦争で何もかも焼けてしまったということもあるでしょうが、お金は天下の回りものという感覚が強かったのでしょう。

そう言えば戦後、預金封鎖《ふうさ》と新円《しんえん》切り替えで、持っていたお金が全部パーになってしまったこともありました。新円切り替えというのは、それまで出回っていたお札《さつ》を使えなくして、新札を発行するという政府のインフレ対策です。国が銀行口座を封鎖して預金の引き出しは一世帯五〇〇円までに制限されたので、どんなお金持ちも五〇〇円しか手元に残らないのです。

今考えると暴動になってもおかしくない極端な対策ですが、当時の国民はおとなしく言うことを聞きました。実際は闇で古い紙幣が通用したので、必要な物は買えたということもあるでしょうけれど。

お金の規制は、旅行に関してもありました。

一九六五年に日本ユースホステル協会のヨーロッパ四五日間の旅に行きましたが、当時、海外旅行は一人年一回までで、持ち出しは五〇〇ドルまでと決められていました。一ドル三六〇円の時代ですから一八万円です。四五日間の食事代などにあててい

世界一のお金持ち、ブルネイの王様にお目にかかったことがあります。20年以上前のことになりますが、テレビ朝日の旅番組で対面しました

たら、お土産《みやげ》を買うこともほとんどできませんでした。

お金で思い出すのが、二〇年以上前に出演したテレビ朝日の旅番組です。事前にスタッフの方から「どこに行きたいですか?」と聞かれたので、「世界一のお金持ちに会ってみたい」と答えました。世界一のお金持ちというのはどんな人で、どんな生活をしているのか、ちょっと気になりませんか? とは言え、思いつきで答えただけなので、実現するとは考えてもいませんでした。ところが、スタッフが面白がってツテを頼って本当に会える段取りをしてくださったのです。

世界一のお金持ちは、ブルネイの王様でした。旅行でもなかなか行かない国のその王様が、『おしん』の作家なら、ということで会ってくださったようです。

ブルネイにはシンガポールからブルネイエアラインで入りました。自宅の宮殿には赤絨毯《じゆうたん》が敷かれていました。応接間で王様との面会のためのリハーサルも行なって、ついにご対面です。

王様というと、飾りがいっぱい付いた服を来ていて、ヒゲを蓄《たくわ》えた恰幅《かつぷく》のいいおじさまをイメージするかもしれません。

しかし、目の前に現われた王様は四八歳という年齢以上に若々しく見える、華奢《きやしや》な男性でした。しかも男前です。格好も非常にラフで気さくな方でしたが、やはり一国の王様らしい品がありました。

緊張して何を話したかは覚えていませんが、ものすごい豪邸の内部は意外にシンプルな装飾で、品の良いものでした。

# 映画と兼高《かねたか》かおるさんと

## あの洋画の舞台に自分も立った！

戦後に流行《はや》った遊びといえば、ダンスホールや歌声喫茶《うたごえ》。ダンスホールはおわかりでしょうが、歌声喫茶とはお客さんが全員で歌う喫茶店です。私もよく踊ったり歌ったりしました。あとは映画や演劇を見たり、喫茶店で議論を交わすくらい。学校の友だちと過ごすことが多かったですね。

映画は主に洋画を見ていて、日本にはない海外の素敵な光景に憧れました。早稲田の芸術科には映画青年がうじゃうじゃいたので、そこで洗脳されて映画を見るようになったのです。

そう言えば、先にもお話ししましたが、松竹の入社試験には一〇〇〇人の応募者がいましたから、試験会場の大船小学校は志望者でいっぱい。「これじゃ、私はムリだな」と思ったのですが、一緒に受けに行ったのが、映画少年のぶいっちゃんでした。私は図々《ずうずう》しくも隣の席のぶいっちゃんに答えを教えてもらいながら解答用紙を埋《う》めていたのですが、最後の問題だけは彼もわからないようでした。「ＴＫＯとは何か」という問題で、正解はテクニカルノックアウトです。私は仕方がないので「東横線《とうよこ》」と書いておきました。

入社試験でカンニングするのもどうかと思いますが、ＴＫＯで東横線を思い浮かべた自分にも笑っちゃいます。ぶいっちゃんとは、吉永小百合《よしながさゆり》さんの映画『愛と死をみつめて』を撮った斎藤武市監督のことです。

話が脇道に逸《そ》れましたが、洋画のシーンに出てくる舞台はあくまで映画のシーンであって、自分が行けるなんて思いもしない無縁の世界です。ですから、その場所に実際に自分が立った時は不思議な感じがしました。

たとえば『ローマの休日』でオードリー・ヘプバーンがジェラートを食べていたスペイン広場。有名なのでご存じの方も多いと思います。私は初めてのヨーロッパ旅行でスペイン広場に行ったので、感動するよりも「あれ、来ちゃった?」と、なんだか夢か現実かわからない感覚に陥《おちい》りました。もちろんうれしかったのですが、スクリーンで見ていた世界にいざ自分が入るとなると、ピンとこないものですね。

オランダの運河を見た時は「あ、ここは『アンネの日記』だ!」と思いましたし、ピサの斜塔《しゃとう》が本当に傾いているのを見て、小学校で先生が教えてくれたのは本当だったんだと思ったり。

ずっと後になって、テレビ番組の企画でアウシュビッツ強制収容所にも行きました。当時の惨劇は知識として持ってはいても、実際にそこに行って、残された靴や髪の毛などを見ると、本当にむごたらしくて体がゾッとします。

アウシュビッツは世界文化遺産ですが、この時、観光客の姿はほとんどありませんでした。人間が二度と同じ過《あやま》ちを起こさないためにと残された施設なので、世界中の人々がもっと積極的に見に行って、戦争がいかに残酷《ざんこく》かを感じたほうがいいのではないでしょうか。

## 兼高かおるさんに憧れて

日本で海外渡航が自由化されたのは一九六四年。東京オリンピックの年です。日本人が観光目的で海外に自由に行けるようになったのが、今からわずか五〇年前のことだなんて信じられますか？

私はそれまで自分が外国を旅行できるなんて考えてもいませんでした。それでもどうしても外国に行ってみたかったので、いっそのこと外国人と結婚して行こうかと考えたほどです。

そういう時代にあって、この女性は私にとって憧れの存在でした。兼高《かねたか》かおるさんです。海外取材番組の草分け的番組『兼高かおる世界の旅』というご自身の冠《かんむり》番組を持っていて、ＴＢＳで一九五九年から一九九〇年まで、じつに三〇年以上放送されました。

番組がスタートした一九五九年と言えば、当時の皇太子さまと美智子《みちこ》さまのご成婚の年。家庭のテレビ台数が急増した年です。もちろんカラーではなく白黒でした。今でこそ海外の紀行番組はたくさんありますが、当時は本当に斬新《ざんしん》でした。

「わたくし、○○に行ったんですのよ」という、あのお上品な独特の話し方が記憶にあるという方も多いでしょう。

レポーターやナレーターだけでなく、プロデュースや演出など、ご自分で番組作りからされていたようです。世界中を飛び回っていて、すごい女性がいるなぁと、感心して見ていました。

私が初めて海外に行ったのは渡航自由化の翌年の一九六五年で、ヨーロッパ周遊の旅でした。

外国映画の舞台に自分も立てて夢のようだと思ったのと同じように、行った先で「ああ、ここは兼高かおるさんが来た場所だ」なんて、テレビの映像を思い出しながらうれしくなったものです。

# ユースホステルの旅で海外へ

## 初めての海外は「琉球《りゆうきゆう》」だった

初めての海外旅行はヨーロッパ周遊の旅と書きましたが、正確に言えば、じつは日本政府発行の身分証明書を必要とするという意味で初めての海外旅行は「琉球」でした。そう、先にお話ししたように、沖縄です。一九七二年に本土復帰を果たして日本に返還される前、一九六二年のことです。これも日本ユースホステル協会の旅行でした。

戦後の占領期が終わっても、沖縄は「琉球政府」としてアメリカの統治下にありました。通貨はドル、車は右側通行です。

飛行機は高くて乗れませんでしたから、東京から鹿児島まで夜行急行列車「霧島《きりしま》」

で行き、鹿児島からは船で一泊して那覇《なは》まで行きました。船から見た太平洋に沈む夕日がとってもきれいで、こんな夕日は見たことがないと感動しました。

この時渡航に必要だった身分証明書は今も大事に取ってあります。

この証明書には行き先が「Ryukyu Island」と記されていて、出国港は「鹿児島」。発行は「池田勇人《いけだはやと》内閣総理大臣」です。顔写真とともに身分証明書の所持者、つまり私のプロフィールを示す欄があり、身長欄は「一・六〇米（メートル）」。特徴欄まであって「なし」と自分で記入してあります。

初めてこの身分証明書を持った時は、うれしい気持ちよりも「なるほど、外国に行くというのはこういうことなのか」という感じでした。

那覇港に着くと、私たちのグループはバスでどこかの町の共同炊事場のような広場に行きました。そこで、地元のおじいさんから「あんたたちヤマトンチュ（本土の人）か？」と聞かれました。「そうだ」と答えると、自分たちは戦争でヤマトンチュからひどい目に遭わされたと恨《うら》まれました。その気持ちはわかるのですが、私たちだって戦争を経験しています。それで、つい言い争いになってしまいました。

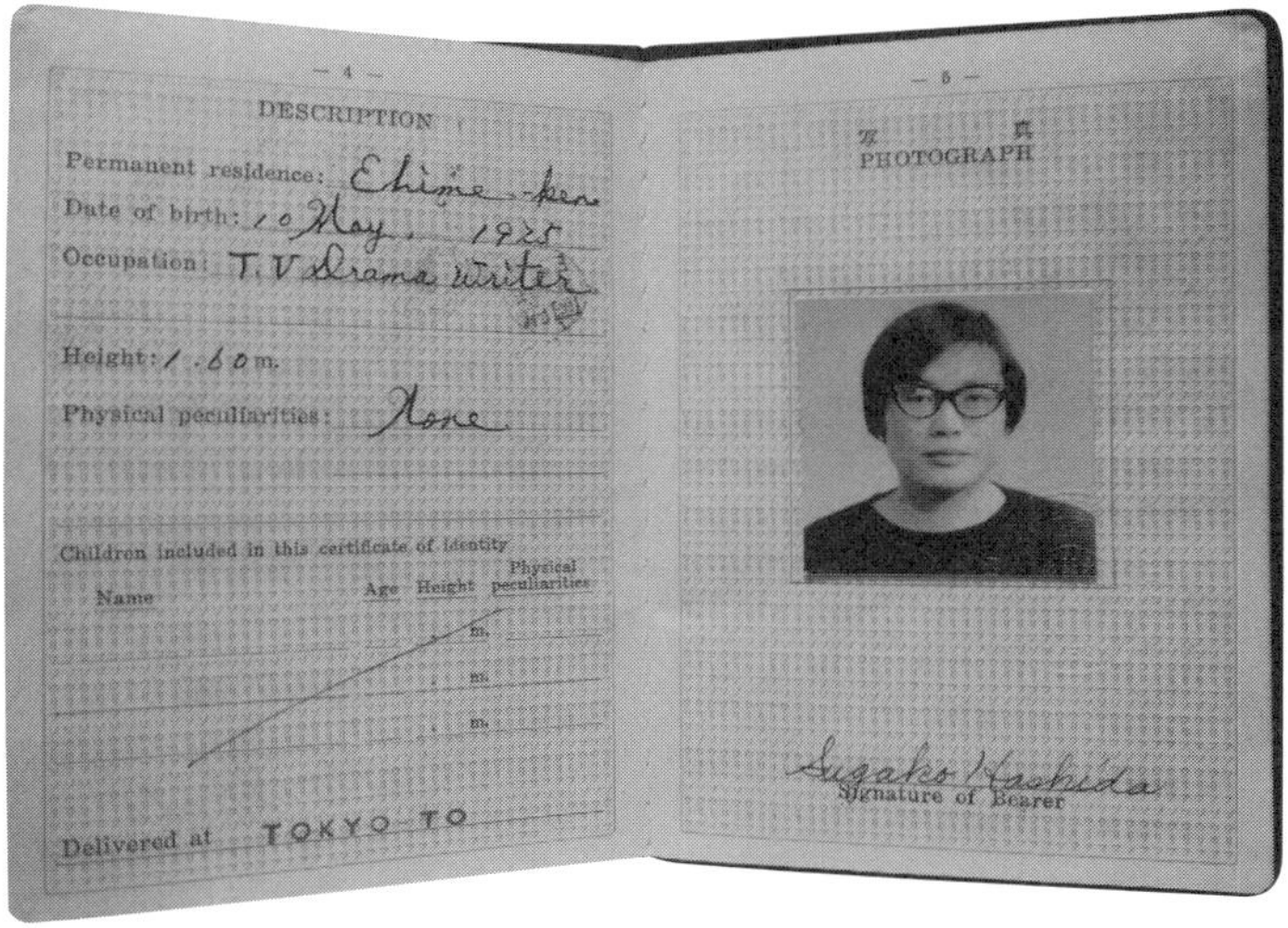


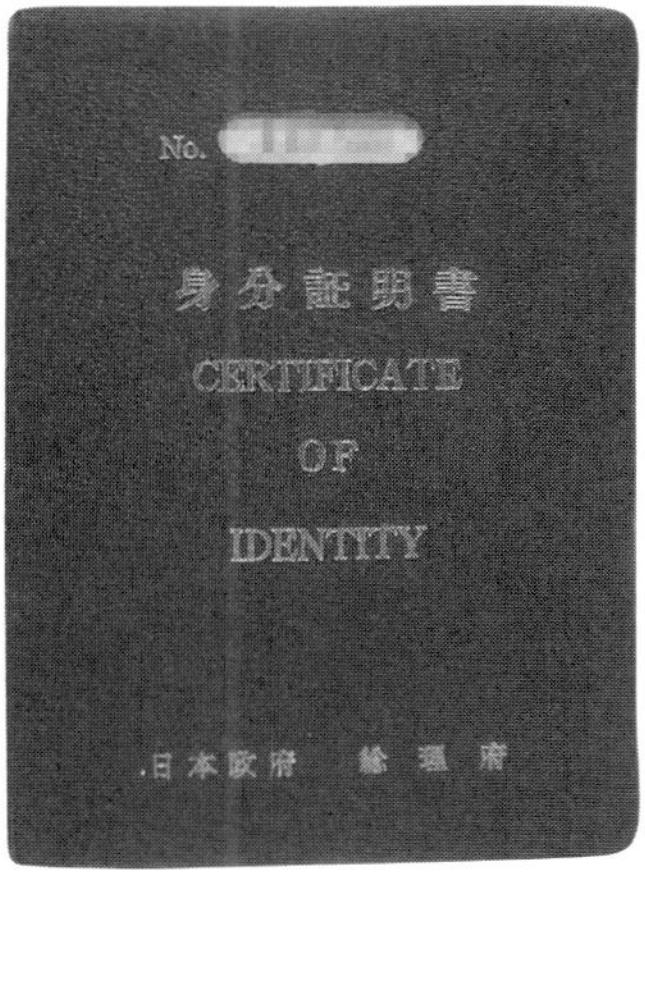


沖縄（当時は琉球）への旅には、総理府発行の身分証明書が必要でした。そこには、住所、職業、身体の特徴などを書きますが、写真のように英文でも記載しました

この時、琉球へは日本各地のユースホステルの会員が来ていて、宿泊する旅館は若者でぎっしり。首里城も今のようにきれいではなく、崩れそうな石垣に修復が施された跡があり、国際通りもずいぶんひなびた感じでした。

今のような観光リゾートの沖縄とは違い、当時は自然が豊かで、地元の方たちの暮らしが感じられる田舎でした。ずいぶん後になって再び沖縄に行った時、賑《にぎ》やかな国際通りや水族館を見て「ここがあの琉球?」と、その変わりように驚いたものです。

石垣島《いしがきじま》や宮古島《みやこじま》にも寄りました。どんな島なのか知識はまるでありません。でも私は、行けるところはどこへでも行きたいという好奇心の固まりのような人間です。「ヘビが出るよ」と言われれば、どんなヘビなのか見てみたいし、「そっちは崖《がけ》だから危ない」と言われれば、いっぺん落ちないと気が済まないようなところがあります。極めて無謀《むぼう》なくせにあまり危険な目に遭っていないのは、相当運が良いのだと思います。

このユースホステル協会の琉球旅行のことは、現地の新聞でも取り上げられました。私のことを「ドラマーが来た!」と書いてあったのには笑ってしまいました。

「ドラマを書く人」だから「ドラマー」らしいのですが、これでは『嵐を呼ぶ男』みたいです（念のため説明しますと、石原裕次郎《いしはらゆうじろう》さん主演の映画『嵐を呼ぶ男』で流れる同名主題歌の歌い出しが「おいらはドラマー……」なのです）。

帰りは奮発《ふんぱつ》して飛行機を予定していました。帰ったらすぐに仕事があったからです。ところが、東京にもなかった憧れのワニ革のハンドバッグを見つけて、つい衝動買いしてしまいました。当然、飛行機には乗れず、帰りはまた船と列車の長旅です。後先考えないですぐに行動に移してしまう性格は昔からです。

そのワニ革のハンドバッグはずっと大事にしまってありましたが、昨年、人にあげてしまいました。現在の私のお気に入りのバッグは、スーパーの記念品でいただいたくまモンの巾着袋《きんちゃくぶくろ》です。高級鞄は見栄えがよくても使い勝手が悪いので私には向きません。くまモンなら軽くてたくさん入るうえに、海外で狙《ねら》われる心配もないでしょう。世界中どこへ行くにも、この巾着袋が活躍してくれます。世界を旅するくまモンです。

## 五〇年前のヨーロッパ周遊四五日間

五〇年前に行った「ヨーロッパ周遊四五日間の旅」は、貴重な経験でした。

当時、四〇歳。TBSの日曜劇場などテレビドラマの脚本の仕事を少しずつ任されるようになった頃です。決して裕福だったわけではありません。でも、ずっと憧れていた海外に行けるチャンスがあるとわかったら、行かないという選択肢はありません。

「ヨーロッパ周遊四五日間の旅」は日本ユースホステル協会主催のツアーで、ポーランドの古都クラクフで行なわれる国際ユースホステル会議に出るのが目的でした。ユースホステル協会というのは世界中にあって、この年はクラクフに集まって文化交流が催されたのです。

飛行機でオランダまで行き、バスでベルギー、ドイツ、イタリア、スイス、オーストリアを巡って、チェコスロバキア（当時）で電車に乗り換え、最終地ポーランドへ、という行程です。飛行機を利用した点から点への旅ではなく、全行程バスと列車というのが素敵でした。

日本からの参加者は一二七名、バス三台を連ねて行きました。海外渡航が自由化されて、これだけ大勢の日本人が団体で海外に行ったのは初めてのようです。

日本でユースホステルといえば旅館やペンションのような建物ですが、国が違えば施設もさまざまです。ドイツなどはお城でした。私は古いお城に泊まるのが何となく気持ちが悪くて苦手で、食事に豆ばかり出てきたのにはもっと閉口しました。

スイスではバスで山越えをする途中、子どもがエーデルワイスを売りに来たのが印象的です。途中、山小屋にも立ち寄りました。そんなふうに地元の人との触れ合いが楽しめたり、生活が垣間《かいま》見られるバス旅は大好きです。あっという間に目的地に着いてしまう飛行機ではそうはいきません。

最終地クラクフで行なわれた文化交流会は、まるでオリンピックのような賑やかさでした。一緒に行った人の中には着物姿で日本舞踊を踊っていた人もいました。私はそういうことはしませんでしたが、持っていたナイロンのストッキングをポーランドの女の子たちにみんなあげてきました。あちらにはまだストッキングがなかったようで、すごく喜ばれました。それが私の文化交流です。

特に印象に残っているのは、チェコスロバキアからポーランドに入る国境越えです。非常に厳しかったです。列車が長い時間止まって、犬を連れた警官が高圧的な態度で何度も見回りに来ました。日本では国境越えなど縁がありませんが、警官の態度がなんだか戦争中を彷彿《ほうふつ》させ「世界はまだこんなものなのかな」と思いました。

それから、日本人を見る外国人の眼差しが少し冷たかったのは残念でした。冷たいというか、まず日本とか日本人という認識がほとんどなくて、ひとくくりで東洋人です。その東洋人に対して、あまり友好的でないのです。戦争の影響もあるのでしょう。日本人は愛されていないんだなと思いました。

人も食べ物も暮らしも、日本にいたらわからないことばかりでした。

二五歳で国内の旅行を始めた時、その土地その土地の個性を肌で感じ、さまざまな人生観を持った人たちに出会うことで、初めて日本がわかった気がしました。四〇歳で行ったこのヨーロッパの旅も「世界とはこういうものなのか」と知ることができた旅でした。でも、まだ世界のほんの一部。私の好奇心はさらに膨らんでいきました。

# 4章

# 夫婦と旅と

## ——忙しくても、見たいものを、行きたいところへ

# 新婚旅行で喧嘩

## 結婚して好きな仕事ができるようになった

私は戦中戦後に青春を過ごしました。

同じ年頃の男性は戦死した人も多く、生きて帰って来た人はもっと若い女性と結婚してしまいます。結果的に私たちの年代の女性は結婚にあぶれてしまった「飛ばされ世代」です。日本女子大の友だちの半分は相手が見つからずに、生涯独身で通していきます。学校の先生をしていた人も多くいました。

私も旅に出てもロマンスとはとんと縁がなくて、四〇歳まで独身。そもそも若い頃から恋愛ほど面倒《めんどう》くさいものはないと思っていました。私のドラマにラブシーンが出てこないことからもおわかりかもしれませんけれど。

そんな私がTBSのプロデューサーだった岩崎嘉一《いわさきよしかず》と結婚したのは、彼が自分の仕事に情熱を持って取り組む姿勢に惹《ひ》かれたからです。理屈っぽい人だとも思いましたが、人に媚《こ》びないところは好感が持てました。

着るものには無頓着《むとんちゃく》らしく、ワイシャツは薄汚れ背広もくたびれていましたが、何よりもまずそれが気に入ったのです。独身のくせに、隙《すき》のない身なりの男性など神経質に決まっています。それに、仕事が好きで忙しいからこそ身なりにはかまっていられないのだろう、と私は勝手に決めていました。女性に対する気遣いなど微塵《みじん》もないマイペースな人でしたが、そこも気に入りました。エスコートに慣れた男など到底信用できません。

私は、仕事でご一緒したことのある同じTBSのプロデューサーの石井《いしい》ふく子さんに「あの人のことが好きで脚本が書けない」と相談し、仲を取り持ってもらうことにしました。両プロデューサーの間で「お嫁さんにもらってほしい人がいるの」「俺のとこに来てくれるなら誰でもいい」、そんな会話があったようです。三カ月後には結婚していました。

じつは、彼との結婚を望んだのには、もう一つ大きな理由があります。安定したサラリーマンだったことです。私は当時シナリオライターとしてやっていく自信を失くしていました。自分の書きたいものというよりも、テレビ局の意向を押し付けられることが多かったからです。それもそんなにたくさん仕事がもらえるわけではありません。

でも、収入の安定した夫がいれば、食べていくのに困りません。そうなれば自分が書いたものに文句を付けられても「この仕事、降ります」と言えます。伴侶《はんりょ》を得たことで、私は怖いものなしになりました。

主人の月給のおかげで自分の好きなものを書けるようになり、それから視聴率も取れるようになりました。

大河ドラマの『おんな太閤記《たいこうき》』は、秀吉《ひでよし》時代の行く末を女性の目、庶民の立場から見たらどうだろうと考え、「サラリーマンもの」のドラマとして書きました。『春日《かすがの》局《つぼね》』は将軍家光《いえみつ》の母として二人の女性（乳母《めのと》のおふくと秀忠《ひでただ》の正室《せいしつ》お江与《えよ》）がいたので、そこをドラマにしたかった。『いのち』は農地解放という戦後の一時代を女性主人公で描きたいと思いました。そして、明治の生まれのヒロインが昭和までの激動の八〇年を生き抜く姿を描いたのが『おしん』です。

私は岩崎と結婚したことで、自分の書きたいドラマを書けるようになりました。

そして、二五年続いている『渡《わた》る世間《せけん》は鬼《おに》ばかり』は、亡くなった主人が書かせてくれたドラマです。そのことは6章で触れます。とにかく主人には深く感謝をしています。

しかし一方で、結婚したことによる不都合もありました。以前のように自由に旅に出られなくなったことです。大問題です！　ようやく海外に行けるようになったというのに……。

それも早くも新婚旅行からミソがつきました。

## 新婚旅行初日の朝帰り

私たちが入籍したのは、私の四一歳の誕生日、一九六六年五月一〇日。五月一〇日は主人の勤務先であるＴＢＳの創立記念日でもあります。主人は四つ下の三七歳でした。

私が仕事を抱えていたため、新婚旅行はその年の九月まで延びてしまいました。行き先は彼の希望で台湾《たいわん》と香港《ホンコン》です。彼のお父さんは軍属で、乗っていた阿波《あわ》丸という船がシンガポールから引き揚げてくる時に、アメリカの潜水艦によって台湾沖で沈没させられて亡くなったため、行って花を手向けたいというのです。

私は台湾には何度も行っていましたし、もっと新婚旅行らしいところが良かったのですけれど、そういう思いがあるのなら仕方がありません。賛成しました。ところが、今度は「おふくろも連れて行きたい」と言い出すのです。これでは新婚旅行なのか慰霊の旅なのかわかりません。

それでも私の都合で旅行が延びてしまったわけですし、こちらが望んでお嫁にもらってもらった弱みもあります。「はい、どうぞ」と承知したのですが、さすがにお母さんは、いらっしゃいませんでした。

台湾に着いた最初の晩、主人はお世話になっているスポンサーの台湾支局の方とお酒を飲みに行ってしまいました。「奥さんもご一緒に」と誘われたのですが、私は飲めないのでご遠慮して、一人でホテルに戻りました。

彼の呑《の》み助《すけ》はわかっていましたが、さすがに新婚旅行初日にそんなに遅くはならないだろうと、一睡もしないで待っていました。ところが、帰ってきたのは明け方です。おいしい朝粥《あさがゆ》まで食べてきたそうです。「飲みながら議論に花が咲いてしまった」というのがその言い訳でした。さすがに頭に来ました。

「これでは新婚旅行になっていませんから、私は先に帰らせていただきます。あなた一人で香港に行ってらっしゃい」と言いました。この一言でようやく夫は私の怒りを理解し、謝ってきました。仕方がないので香港まで一緒に行きましたが、楽しくもなければロマンチックのかけらもない新婚旅行でした。これに懲《こ》りて「二度とこの人とは海外旅行に行くまい」と思いました。

もう今から五〇年も前のことです。
主人が生きていれば、来年の五月一〇日は金婚式でした。

## 新しい仲間たち「おかゝの会」

結婚して、以前のように自由に旅ができなくなりました。家事に加え、テレビの脚本の仕事もどんどん増えていったからです。私はお酒が飲めませんし、もともと出不精ですから、ユースホステルのお友だちとは疎遠になっていきました。

その一方で、仕事を通じた新しい遊び仲間もできました。

『おんな太閤記』で一年間苦労を共にした出演者の皆さんが結成した「おかゝの会」です。ひと月に一回、会費制で飲んで食べての大騒ぎをしようというもので、脚本を書いた私もまぜてくださったのです。普段、俳優の方とお会いする機会はありませんから、私にとっては珍しい交流の場です。

主人公の寧々《ねね》を演じた佐久間良子《さくまよしこ》さんを始め、西田敏行《にしだとしゆき》さんや赤木春恵さん、中村《なかむら》雅俊《まさとし》さん、尾藤《びとう》イサオさん、泉ピン子さんほか一流のエンターテイナーの方ばかりです。皆さんが集まってお酒が入ると、おしゃべりだけでなく競い合って歌も始まります。日頃、ひたすら原稿用紙に向かっている自分の地味な生活とは明らかに別世界です。

この「おかゝの会」でロタ島に旅行をしたことがあります。忙しい方ばかりですから、ずいぶん早くから日程を決めて休みを合わせ、お金も積み立てていました。夫婦での旅行は新婚旅行で懲りていましたが、この時は西田さんや尾藤さん、雅俊さんたちのご家族も一緒でしたから、私たちも夫婦で参加しました。

元オリンピック選手のミミこと木原光知子《きはらみちこ》さんも会のメンバーで、朝はミミの大きな声の「六時起床！」で起こされました。しっかり者のミミは、みんなの積み立ての預金通帳を預かる金庫番でもありました。

団長は私です。団長らしいことは特に何もしていませんが、お酒の管理を任されていて、お酒は全部ホテルの私の部屋に集めていました。ミミからは「先生、お酒の管理をしてください。みんなに飲ませると朝起きられません」なんて言われていました。

主人は皆さんとしゃべっているので、他の方と相部屋。私は一人部屋でした。私が一人で部屋にいると、廊下で「おまえが酒を取って来い」とか「いや、俺は無理です」なんていう声が聞こえてきて、笑っちゃいました。

思い出しても楽しいロタ島の旅でした。

## 夫とは東京へ行くのも別々

私たちが夫婦で行動を共にしないのは、旅行だけではありません。

用事があって自宅のある熱海《あたみ》から東京に行く時も別々の新幹線に乗りました。理由は、何かにつけて彼に理不尽《りふじん》に怒られるからです。

たとえば、横に並んで歩けば「もっと離れて歩け」と怒られるし、後ろを歩けば「遅い」と怒られ、前を歩けば「俺が切符を持ってるのに、なんでおまえが先に行くんだ」と怒られます。いったいどう歩けというのでしょう。

仕方がないから「私は戸締りなんかがありますから、一本遅れていきます」と言って、一つ後の新幹線に乗るようにしました。

たまに一緒の新幹線に乗ることもありましたが、そういう時、彼は必ず私を窓側に座らせました。でも、女房に景色を見せてあげようなんていう優しい気遣いではありません。自分が電話をかけに行ったり、とにかくじっとしていられない性格なので、通路側の席のほうが都合がいいわけです。

おかげで私は富士山がよく見えました。平塚《ひらつか》あたりから見る富士山が一番きれいで好きです。

夫婦生活はずっと私が叱《しか》られてばかりでしたが（それも理不尽に！）、彼は別に冷たいわけではありません。仕事の悩みなどは親身になって相談に乗ってくれました。愛情のかけ方が違うだけです。

一緒にいた二四年間で、私が一度だけ爆発したことがあります。

主人の帰りが遅いことがよくあって「遅くなる時は電話を入れてください」と何度

も言っているのに、絶対にくれなかったからです。仕事関係の方たちとのお付き合いが大事なのは私だってよくわかっています。ただ、待っているこちらは何かあったのではないかと心配でたまらないのです。なぜ電話の一本ができないのでしょう。

その晩も、連絡もなしにいつまでたっても帰ってこないので、彼のお気に入りの背広をハサミでズタズタに切って暖簾《のれん》のようにして玄関に吊《つ》るしておきました。

この時ふと、母のことを思い出しました。私が親の反対を押し切って東京の大学に行こうとした時に、母は私が持って行くはずだった布団《ふとん》を切り裂いたのです。「人をバカにして」「親を捨てるつもりか」などと言いながら。

あの時の母と自分は同じことをしたのです。あぁ、ＤＮＡだなと思いました。

当時の私はそれでも母に背中を向けて東京に出て来てしまいましたが、夫はといえば、さすがにこたえたようで、翌朝しょんぼりしていました。

# 結婚生活と旅

## 結婚してからは夫の顔色を見て

「俺はシナリオライターと結婚するわけじゃない」

結婚する時、夫にそうはっきり言われました。だから夫の前では原稿用紙は広げちゃいけないんだと思い、これは守り通しました。

もともと私は子どもを産むつもりでした。お母さんになりたかったのです。お医者様に診《み》てもらって「四五歳までは妊娠の可能性は十分ある」と太鼓判を押されたので、結婚すればそのうちできるだろうと気楽に考えていました。ですから子育てのことを考えて仕事はセーブし、ほとんど専業主婦をしていました。

でも、子どもはできなかった。お医者様からは「ご主人を一度連れていらっしゃい」と言われていましたが、それは主人に「あなたが原因かもしれない」というのと同じこと。とうとう言えませんでした。

子どものできない私に、主人もさすがに「仕事をさせてやらなきゃかわいそうだ」と思い始めていたようです。石井ふく子さんから「日曜劇場」で声をかけていただき、彼も賛成してくれました。

ふく子さんには公私共にお世話になっています。私を最初に仕事で使ってくれたプロデューサーであり、シナリオライターとして少しは存在感を持てるようになるきっかけを作ってくれた人でもあります。ですから仕事のことで喧嘩《けんか》をすることはあっても、私は絶対にふく子さんのことは裏切れません。

その後、NHKから朝ドラ『あしたこそ』の話もいただきました。受ければ一年間の長丁場《ながちょうば》です。私はその仕事を受けることで、子どもを諦《あきら》める決心をしました。

その後に書いた『おしん』も『いのち』も『おんな太閤記』も『渡る世間は鬼ばかり』も、私に子どもがいたら書けなかった作品です。一年の連続ドラマというのはそれだけ集中力が必要で、身を削《けず》らなければできない仕事だからです。

主人の前で絶対に原稿用紙は広げない。自分に課したこの決め事は、逆にいい集中力につながりました。主婦とシナリオライターの顔を切り替えることで、メリハリができたのです。主人の帰りが遅いぶん、夜もたっぷり仕事ができました。もしかしたら帰りが遅いのは、女房に仕事をさせるためのあの人なりの気遣いだったのかもしれませんね。

仕事が増えていく一方で、旅に出る数はぐっと減りました。行く時は主人の顔色をうかがって、日程も早くから決めなくてはいけません。我が家のお金の管理は主人がしていましたから、お小遣いもいただかなくてはいけません。留守中の彼の食事の準備もあります。そうして万事整えて、ようやく出発できるのです。

それだけに、私にとってこの頃の旅は、慌《あわ》ただしい日常を忘れられる貴重な息抜きでした。

## 妻が旅に行くと夫は病気になるものらしい

いくら一年の連続ドラマの仕事が終わった気晴らしとはいえ、働いている亭主を残して旅行するのはやはり罪悪感があります。ですから、行く前にはおかずをたくさん作って冷凍庫に入れて、チンすればいいだけにして出かけます。

ところが、帰ってくると冷凍庫の中はそのまんま。女房が留守の間、外食や飲み歩きをして羽を伸ばしているのです。そのくせ私が帰ってくると、風邪をひいたり熱を出して必ずお医者様のお世話になります。本当は遊び疲れただけでしょうが、こちらも強くは言えません。それにしても、毎度毎度よくも当てつけのように病気になれるものだと、妙なところに感心してしまいました。

この頃の私の旅は、長くて一〇日間くらい。一番思い出深いのは、堀越《ほりこし》学園の先生方とご一緒したアフリカです。堀越学園の先生方との旅行は、主人が校長先生と友だちだったご縁がきっかけで始まり、その後何度もご一緒しました。

アフリカの国々を駆け足で回ったのですが、ジンバブエのビクトリアフォールズには驚きました。飛行機から砂漠の真ん中にモウモウと煙が上がっているのが見えたので「あんなところに焼却炉があるの？」と聞いたら「ビクトリアフォールズの水煙だ」と言われました。どれだけ大きな滝なのでしょう。滝そのものは見えませんが、水しぶきが遠くからはっきりと見えるのです。飛行機を降り、滝の近くまで歩いて行ったらすぐに全身びしょ濡れ。もう大迫力でした。

ところが、三〇年以上経って旅番組のロケで再びビクトリアフォールズに行った時はまったく違いました。しぶきが上がっていなくて、ただ滝が流れ落ちているだけ。そのおかげで、前回は見られなかったザンベジ川が見られ、川沿いをヘリコプターで飛ぶこともできました。聞けば、季節によって水量が大きく変わるそうで、その両方を見られたのはとてもラッキーでした。

主人は堀越学園の校長先生とお友だちだったので、堀越さんとご一緒のツアーはすんなり送り出してくれました。一方、旅行代理店のパンフレットや新聞に載っているようなツアーは「何があるかわからない」と言って絶対にダメでした。

この私が外でモテるはずがないのですから浮気の心配もないでしょうに、自分が信頼できる方たちとでないと許してくれない夫でした。

## 高級ホテルでカップラーメン

旅友だちの一人に小山内美江子《おさないみえこ》さんがいます。『3年B組金八《きんぱち》先生』や朝ドラの『マー姉《ねえ》ちゃん』、大河ドラマ『徳川家康《とくがわいえやす》』などを書かれた脚本家です。旅行に行けばたいてい同じ部屋で、何でも開けっぴろげ。隠し事なく付き合える相手です。家も近所で、主人とも親しい。旅行に行く時は、「私も行くから壽賀子さんを行かせてあげて」と主人に頼んでくれます。

そんな小山内さんと堀越学園の先生方と一緒にカナダに行った時のことは忘れません。小山内さんとはお互い旅行中は仕事抜きの約束ですが、私は『女たちの忠臣蔵《ちゅうしんぐら》』の執筆を控え、移動中に読んでおこうと大佛次郎《おさらぎじろう》の『赤穂浪士《あこうろうし》』だけは持って行きました。途中、小山内さんから「もう松の廊下に行った？」と聞かれて「まだ行ってない」。またしばらくして「もう行った？」「まだ行ってない」なんてやりとりを何度かして、結局羽田《はねだ》に帰って来ても松の廊下の刃傷《にんじょう》には及びませんでした。

小山内さんはといえば、『金八先生』を書くための準備をしていた時期で、旅行中ずっと堀越の先生方を熱心に取材していました。さすがです。この辺が小山内さんと私の作品の違いなのかと、妙に納得したものです。

ちなみに『金八先生』というタイトルの名付け親はうちの主人です。放送枠が金曜八時だからと言っていました。

小山内さんと堀越の先生方とはヨーロッパにも行きました。ユースホステルの時以来二〇年ぶりのヨーロッパです。主人からも「『おんな太閤記』を無事に書き上げたら行ってもいい」と早くからお許しをもらっていた、待ちに待った旅行です。

スペインのグラナダに着いたのが五月一〇日。子どもの頃から憧れていたアルハンブラ宮殿を歩き回った後、サプライズが待っていました。五月一〇日の私の誕生日と結婚記念日を皆さんがお祝いしてくださったのです。「ハッピーバースデー」の演奏や贈り物など、温かい心遣いに涙が止まりません。もう最高の記念日になりました。

ユニークだったのが、マドリードの高級ホテルでのディナーです。それまでは連日、レストランで豪華な食事をいただいていたのですが、マドリードでは部屋に持ってきてくださるというのです。待っていると、ボーイさんが運んできてくれたのは、あったかいおにぎりとカップラーメンとお新香。これまたうれしいサプライズです。

同室の小山内さんと二人、さっそく絨毯《じゅうたん》の上にバスタオルを敷いてあぐらをかき、おにぎりにかぶりつきました。ごはんは日本と同じお米、銀シャリです。そして、湯気の立ち上るカップラーメンのおいしかったこと！　日本ではカップラーメンなど馬鹿にして食べたこともないのに、あまりのおいしさに二人で顔を見合わせ笑い転げてしまいました。

ツアーをお世話してくださったコーディネーターさんが、そろそろこういうものが食べたくなるのではないかと気を利かせて、マドリードの日本料理店にお願いしてくれたのでした。その後、日本でカップラーメンを食べてもそれほどおいしいと思いませんから、旅先では感動が倍増されて、お得だなと思いました。

# やっぱり熱海が一番！

## 私の帰る場所

「家で毎日海を見ているのに、なんでまた海に行くの？」

船旅をするようになってから、よくそう聞かれます。私が暮らす熱海の家は海抜《かいばつ》四〇〇メートルの山の上にあって、網代《あじろ》湾が一望できます。目の前に初島《はつしま》が浮かび、晴れていれば房総《ぼうそう》半島や三浦《みうら》半島、大島《おおしま》まで水平線の彼方に見渡せます。小鳥のさえずりが聞こえ、季節ごとに色を変える山々も楽しめます。

特に私のお気に入りは、満月の光が暗い海に一筋の川のように映るムーンリバー。わが家に向かって延びる銀色の川はとても神秘的です。

ここはとにかく自然が豊かで、タヌキは出ますし、先日などイノシシが九匹、ワナを仕掛けた檻に入っていました。サルに冷蔵庫の中を荒らされたお宅もあるようです。

ここで暮らすようになって五〇年近くになります。

結婚した当初は東京でマンション暮らしでしたが、海のそばで静かに執筆活動に専念したいと思い、思い切って購入しました。子どもの頃に海のそばで暮らしていたからか、海が好きで、海が近くにないと息ができない気すらします。

主人がいた頃は、野菜や果物や花を育てていました。山林だった庭の一部を自分で開墾して畑を作ってしまったのです。私も土いじりは好きですが、汗を流してせっせと育てるのは彼の専門、私はそれをありがたくいただく専門です。

花もバラやサツキやツツジ、桜、桃、こでまり、アヤメ……四季折々に目を楽しませてくれました。今、私も主人が好きだったチューリップをベランダいっぱいに植えています。去年はクリスマスの時期に咲くアイスチューリップが見事でした。

東京で自宅として使っていたマンションは、今は橋田文化財団の事務所にしています。この財団は放送文化の発展に貢献した人の表彰や人材の育成を目的に、一九九二

熱海の自宅の庭で、主人と。主人が生きていた頃は、旅に出るのもひと苦労でした。旅から戻ると、やっぱり熱海の自宅が一番だと思います

年に設立したものです。その事務所に旧宅をあてたわけです。今ももちろん寝泊りはできますが、私はやっぱり住み慣れた熱海のこの家が好きです。東京でテレビの収録が夜遅くまでかかったら向こうに泊まればいいのですが、たとえ夜中になっても必ずタクシーで熱海に帰ってきます。

主人の仏壇もありますから、やっぱりここが私の帰る場所。私にとっての終《つい》の住処《すみか》です。

世界一周など長期の船旅になると、最後の一週間くらいは、船内が「もうすぐ夢から覚めて現実に戻る」というなんとも言えない雰囲気に包まれますが、私は家にたどり着くといつも思うのです。

やっぱり熱海が一番!

## 夫と乗った最後の新幹線

人生で一番つらかったのは、本人である夫に癌《がん》の告知をしないで過ごした最後の一年間です。人生にこれ以上の不幸と悲しみはないと思えました。私も一緒に死のうと思いましたが、仕事があってそれはできませんでした。その時、大河ドラマ『春日局』の執筆に入っていたのです。

主治医から「ご主人は肺癌で、長くてあと半年」と宣告されたのは、彼がまだ五九歳の時です。治る見込みがないのなら、知らせて苦しめたくはない。隠し通す決心をし、彼の前ではいつもと変わらずに振る舞うようにしました。

でも、そんな精神状態で仕事に集中できるわけありません。『春日局』は九話まで書いていましたが、まだ放送はされていませんでしたから、降板《こうばん》を決意しました。しかし「もし降りたら、本人に癌と気づかれるわよ」と石井ふく子さんに言われたのです。確かにそうです。それに、誰より『春日局』の仕事を応援してくれていたのは主人でしたから、私は最後までやり遂げるしかありませんでした。

余命の半年を過ぎ、主人は熱海から東京の病院に通えるまでに回復しました。でも、私が心配して病院まで付いて行こうとすると「重病人扱いをするな」と嫌がります。お見舞いに行っても「お前の声が気になる」「かん高くて気にさわる」と怒ります。私は帰るしかありません。帰ったら書くしかありません。

主人はそうやって私に仕事をさせようとしていたのです。それがあの人の愛情でした。わかっているだけに、愛する人が一番大変な時に、女房らしいことを何もしてあげられない自分が情けなくなりました。

それでも、主人が最後に入院した時は一人で行かせるのがかわいそうで、一緒に付いて行きました。いつもは通路側に座る彼を窓側の席に座らせてあげました。新幹線からの景色もこれが見納めになるだろうと思ったからです。黙って座って、ずっと外を見ていました。それが私たち夫婦にとって最後の新幹線の旅になりました。

ようやく書き上げた最終回の原稿は、ＮＨＫがきれいな金色の表紙の台本にしてくださいました。それを見て主人が喜んでくれたことが、本当にうれしかった。それからしばらくして、彼は息を引き取りました。

あの地獄のような日々を経験したら、怖いものなんて何もありません。本当に人を愛するということは、つらさも味わうことなのです。もう絶対に誰も愛したくはないと思いました。それほどつらい一年でした。

ただ、主人が亡くなって二七年経ちますが、「寂しい」と思ったことはありません。自宅のあちこちに大きな写真を飾っているからでしょうか。大好きだった猫の「ねね」を抱いて、カメラを持つ私に微笑んでいます。

晩年は私に「いい仕事をしろ」と言い続けてきた夫です。その言葉通りに、私は一生懸命仕事をして、一生懸命に生きていれば、彼が守ってくれると信じています。

夫婦には必ず別れが来ます。そんな時、遺《のこ》された者はしょんぼりなんてしていたらダメ。相手のぶんまで生きるつもりで頑張《がんば》らなくちゃ。伴侶《はんりょ》もそれを望んでいるはずです。

主人もきっと、私が今も図々《ずうずう》しく生きていることを笑って見ているに違いありません。

# 5章

# 七十代からの旅支度《たびじたく》

## ――人生を豊かにするために

# 年を重ねてからの旅の意義は「友だち」

## 一人で飛び込んだ中南米の旅

一九九〇年から九一年に放送された『渡る世間は鬼ばかり』の第一シリーズ、全四八話分を書き上げた時、一人で海外旅行のツアーに参加しました。六七歳の時です。

それまで海外はいつもお友だちと一緒でしたから、ツアーとはいえ一人で行くのは初めてでした。周囲からは「本当に一人で大丈夫？」と心配されましたが、行きたいところがあれば行かずにいられない性分です。主人はすでに他界していましたので、遠慮したり留守を心配する必要もありません。

当時、私が一番行きたかったのが中南米《ちゅうなんべい》でした。パンフレットを見ていたら、マチュピチュやナスカの地上絵、イグアスの滝、チチカカ湖、ウユニ塩湖など、見たかったものがいっぱい入った二週間のツアーがありました。私は世界遺産を見て歩くのが大好きで「世界遺産おばさん」なんて言われることもありますが、このツアーには世界遺産もいっぱいあります。「これだ！　これだ！　これだ！」と何の迷いもなく、そのツアーに申し込みました。

世界遺産はどれも素晴らしかったですが、特に印象に残っているのはボリビアのチチカカ湖で訪ねた浮島でした。藁《わら》のようなものを敷き詰《つ》めた島がいくつかあって、その上にやはり藁でできた家を建てて暮らしている民族がいるのです。藁はトトラという植物を干したものだそうで、一つの浮島自体がとても広く、庭もあってブタやニワトリも飼っていました。そのうちの一つの島に上がってみると、地面と何ら変わりません。これだけのものを乗せても浮いていられるのは何か工夫があるのでしょうが、よく沈まないものだと感心しました。

この二週間のツアー以降、中南米のどのツアーを見てもチチカカ湖はコースに組み込まれていなかったので、一人でも行っておいて良かったなとつくづく思いました。

中南米という場所に惹かれて申し込んだツアーは、大満足の内容でした。そして、それ以外に大きな収穫もありました。

お友だちができたことです。参加していた同世代の御婦人たちが、一人の私を気にかけて仲良くしてくださったのです。私はあまり社交的な人間ではありませんが、この時は自然に仲良くなれました。素晴らしいものを一緒に見て感動し、高山病のつらさを一緒に味わったので、よけいに心が通い合えたのかもしれませんね。

このツアーの後、私はユースホステル時代からの親友と二人でアラスカクルーズを予定していましたが、中南米で仲良くなった皆さんがそのことを知って「私も、私も」と参加することに。結局一〇人くらいのグループでアラスカクルーズに行くことになったのです。それが本当に楽しい旅で、そこから私はクルーズの魅力にハマってしまいました。

中南米ツアーの皆さんは、熱海の私の家にも遊びに来てくださいましたし、毎年、開催している橋田文化財団のパーティーにもお招きしています。皆さんが集まるととても賑《にぎ》やかで、まるで同窓会のよう。青春真っ盛りです。

周囲に心配されての一人旅でしたが、年を取ってから「初めて」に挑戦するのもなかなか良いものです。何事も「年だから」と諦《あきら》めてしまったら、楽しいことも知らないまま。それではつまりません。

## 新しい友だちをつくるには

ツアーには一人参加の方も少なくありません。一人とかグループとか関係なく、一緒に旅行をしていて何か困っている人がいたら「大丈夫？」と気にかけたり、バスの中で疲れた顔をしていたら「寝たほうがいいですよ」と声を掛けあう光景をよく見ます。一人の心細さを知っているから他人のことも気遣えるのでしょう。旅先で自分がされてうれしかったことを、他の人にも同じようにしてあげられるのだと思います。

ですから、友だちを作りたいという方に、旅は絶対にお勧めです。

その旅の準備で大切なことの一つは、ツアー選びです。

ツアーの場合、旅の良し悪しはコーディネーターで決まる、というのが私の実感です。ツアーコーディネーターは、旅のプランニングから帰国するまでをお世話して調整してくれる旅のプロ。知らない者同士が何人も集まる中で、みんなの面倒を平等に見ながら、全体をどう仕切っていくか。安全面の確保や病人が出た時の対応も重要です。

参加する者にとって、経験豊富で優れたツアーコーディネーターは先生のような存在なのです。

良いコーディネーターに出会うためには、良い旅行会社を選ぶことが肝心です。良い旅行会社は優秀なコーディネーターをたくさん雇っていますからね。

大人になると、新しい友だちをつくる機会なんてなかなかありません。でも、旅先であればたとえ初対面であっても意外と簡単に仲良くなれます。きっと旅が好きという共通点があるからでしょうね。旅は道連れと言いますが、やはり一人よりも仲良くできる人がいたほうが心丈夫です。

私はアラスカクルーズで船旅に目覚めてから、郵船クルーズの「飛鳥《あすか》」やその後継船の「飛鳥Ⅱ」でよく船旅をするようになりました。長い航海になると、乗った時は別々だった人たちが、船を降りる頃にはたいてい長年の知り合いのようになっていま す。つくづくクルーズは友だちをつくるにはもってこいの場だなと感じています。

飛鳥で、いつも大勢の方たちと賑やかに過ごしている女性がいました。社交的な方だなと思っていたのですが「帰ったら、一人なんですよ」とおっしゃっていました。クルーズの間だけの環境を、その方なりに楽しんでいらっしゃるのですね。

たとえ社交的でない人も、どう話しかけたらいいのかと悩む必要はないでしょう。船にはさまざまな教室やイベントが用意されています。それに参加したり、レストランや大浴場などで何度か顔を合わせるうちに「またお会いしましたね」と自然に笑顔になります。

独身者だけが参加できる「バチェラーパーティー」もあります。最近は若い人たちの間で「婚活」が流行っていますが、高齢者だって負けてはいられません。バチェラーパーティーがきっかけかどうかはわかりませんが、意気投合してカップルになった方が、実際に何組かいらっしゃるそうです。そういった、仲良くなるきっかけがいろいろと用意されているわけです。

戦中戦後に青春を送り、結婚後は家事育児に追われて自分の楽しみなんて考えたことがないとか、遊び方がわからないという方は多いと思います。

ぜひ船で友だちを作るといいと思います。今までずっと家族のために頑張ってきたのですから、その分、自分も楽しまなくちゃ。ボケ予防のつもりで一歩を踏み出すのもいいのではないでしょうか。

# やはり夫婦が一番！

## 船旅には夫婦で参加がいい

クルーズに一緒に行くなら、一番いいのはやはり夫婦だと思います。二四時間一緒なので、お互いに良いところも悪いところもわかっている夫婦なら、気兼ねもいりません。でも、今まで家でゆっくり向き合うことがなかったご夫婦が、船の上で喧嘩《けんか》になるケースも珍しくないから面白いものです。

普段ご主人は仕事人間で、家へは帰って来て寝るだけ。土日も接待ゴルフや休日出勤していたのが、二人で旅に出て初めてじっくり向き合うことになって「こんな人だと思わなかった」となるわけです。

時折、甲板《かんぱん》のベンチや図書室で熟睡しているご主人を見かけますが、他のお客さんから「夫婦喧嘩らしいですよ」と聞いて、納得。家なら別々の部屋で寝起きをしたり、気晴らしに出かけたりもできますが、海の上ではそうはいきません。狭い部屋で奥様と二人、息が詰まるのでしょう。

それでも、たいてい数日すれば仲直り。友だちが見かねて仲裁《ちゆうさい》に入ってくれるのが、船旅の良いところです。

「初めてこんなに長い時間一緒にいて、お互いに新しい発見があった」とか「夫婦喧嘩をして、たまっていた膿《うみ》を出せた。船旅をしなかったら一生わかりあえずに終わっていたかも」などという声も聞きます。

そんなご夫婦を見ていると、やっぱり夫婦はいいなぁと思います。

私も主人が生きていた頃はしょっちゅう喧嘩をしていました。船の上ではありません。自宅で、です。それも喧嘩というよりも、私が一方的に叱られてばかりでした。特に酔っぱらって帰ってきた時など、いわれのない難癖をつけられた挙句、「おまえとは離婚だッ！」が口癖でした。

ホームドラマを書く作家にとって離婚はイメージダウンになりかねないので、向こうも絶対に離婚はしないだろうと踏んでいるわけです。本当に頭にきます。それでも私から望んで結婚してもらったわけですし、好きな仕事ができているのも夫のおかげ。だから私は、主人の文句が始まったら右から左に聞き流し、終わったところで「あなたのおかげです。いつもありがとうございます」と言うようにしていました。

そんなふうに、夫婦というのはどこの家庭でも、喧嘩を終結させる暗黙のルールがあるのではないでしょうか。夫婦喧嘩が恥ずかしいことだとは思いませんし、むしろお互いに感情を吐き出すことですっきりして、その後の良い関係作りにつながることもあります。海の上なのですから、嫌なことを水に流すのは案外簡単かもしれませんよ。

中には、クルーズの間だけのカップル（船を降りれば夫婦でも恋人でもないそうです）という方もいらして、海の上で水いらずを楽しんでいらっしゃいます。

## 一人でいたい時は一人で

船では、男性よりも女性のほうがずっと生き生きと活動的です。それはそうでしょう。一番頭を悩ます三度三度の食事のことを考えなくていいのです。寄港地で一日遊んで帰って来ても、テーブルに着けば黙っていてもご馳走が出てきます。

掃除も係の人がしてくれますし、洗濯はコインランドリーに放り込んでおけばいい。それに、普段はご主人も聞いてくれないようなたわいもないおしゃべりも、女同士なら心置きなくできるうえ「そう、そう」「わかるわぁ」と共感もしてもらえます。

仲良くなった奥様同士がレストランで和やかに食事をしている一方で、ご主人が一人ポツンと食べているという光景も時々目にします。ご主人はご主人で、よその奥様と無理に話を合わせたりするよりも一人のほうが気が楽なのでしょう。

中には、奥様の後をいつもくっついて歩いているご主人もいます。ある時、その奥様が「ようやく夫から逃れてきました」なんて言って、女性グループに仲間入りしていたこともありました。

その反対に、女性が一人ポツンと寂しくしている姿なんて見たことがありません。やはり女性のほうが友だち作りも上手なのでしょうね。私は人間が好きなので、ついいろいろな方たちの様子を見てしまいます。

ディナータイムにきちんとした格好《かっこう》をすることも、女性がハツラツとする理由でしょう。ドレスコードはカジュアル、インフォーマル、フォーマルの三つで、たとえカジュアルでもブラウスにパンツとかサマーセーターにスカートとか、ある程度はきちんとしていなくてはいけません。普段、家にいる時は楽ちんなブカブカの服かトレーニングウェアを着ている私も、それなりに考えます。

話が逸《そ》れますが、今、女性作家を主人公にしたテレビドラマを放送しています。「これが作家の世界なの?」と、自分とのあまりの違いに驚いています。まず着ているものがすごくオシャレで、そのまま高級レストランに行けそうです。仕事部屋も余計なものは何一つなく洗練されていて、なんだかモデルルームのようです。

私はと言えば、いつもダイニングテーブルで原稿を書いています。結婚前に買ったテーブルですから、もう五〇年以上。大きいので、本や資料を広げるにはもってこいなのです。ここでご飯も食べればテレビも見ますから、一日のほとんどの時間をこのテーブルと共に過ごしています。部屋には仏壇もあれば、バランスボールも転がっていて、猫も気持ちよさそうに寝そべっています。

ドラマのような生活感のない部屋ではなんだか居心地が悪くて、私など何も書けなくなってしまうでしょうね。

船でのオシャレの話に戻ります。「今日は何を着ようかしら」と人目を気にして考えるのは、良い刺激になると思います。それに、ちょっと派手な色や奇抜《きばつ》な格好をしても、船の上なら変な目で見る人もいません。思い切って洋服や髪型のイメチェンを楽しんでみるのも面白いでしょう。

また、船に乗っていて思うのは、おしゃべりがしたい時はお友だちと、一人でいたい時は一人でというふうに、過ごし方を自分で決められることがいいですね。特に飛鳥は場をわきまえた大人のお客様が多く、上手に距離を取ってくださるので、我慢したり無理にお付き合いする必要はありません。

私自身、若い頃はユースホステルで見知らぬ人との交流を楽しみにしていましたが、最近は新しい出会いは求めません。たいていは昔からのお友だちといたり、一人で静かに過ごしています。

とは言え、長いクルーズが終わる頃は皆さんでテーブルを囲むのも楽しいものだと感じます。船は、その日の気分でさまざまな過ごし方ができるところが気に入っています。

# 旅の準備と人付き合いの極意

## 荷造りの工夫と楽しみ

世界一周のクルーズとなると、期間は三カ月。南極・南米クルーズを含めるとこれまで四回経験しました。最初の頃に比べて余計な荷物は持たなくなりましたが、毎回何を持って行こうかと予定表を見ながら格闘します。

ドレスコードがフォーマルの日が何度かありますし、運動をするためのスポーツウエアも必要。立ち寄る国は気温もさまざまなので、夏物も冬物も必要です。工夫というほどではありませんが、必然的に多くなる衣類は引き出し式の衣装ケースに入れています。それを積み重ねて周りを段ボールで囲ってもらって船に載せます。すると箪《たん》笥《す》のようになって使い勝手も良いのです。

タオルは家から持って行きます。飛鳥のタオルはフワフワの高級品ですが、昔ながらの薄っぺらいタオルが私にはなじみが良いからです。

食べ物は何でもあるので困ることはありませんが、長旅となるとやはりふだん食べ慣れた味が恋しくなります。そこで、私が必ず持って行くのが梅干しとお茶と焼海苔《のり》。梅干しは一日二個の計算で宿泊日数分だけ。お茶は川根《かわね》など静岡産の渋いお茶が好きなのでそれを。焼海苔は和光《わこう》と決めています。銀座四丁目交差点にある、時計塔が有名な百貨店の和光です。あの有明《ありあけ》産の海苔を食べたら、ほかの海苔では満足できなくなってしまいました。

それから、大事なおやつセット。日持ちのするお菓子をいろいろ買ってきて、小袋に詰めて持って行きます。自分でも食べますが、メイドさんやレストランのボーイさんはフィリピンなど東南アジアの人が多いので、日本のお菓子を差し上げるととても喜ばれます。

食料品は段ボールに詰めます。帰りは空《から》になるので、段ボールを捨てるだけです。

それ以外の生活必需品や小物類はトランクに詰めて持って行きます。大きなトランクもベッドの下に入れておけば場所を取らず、すぐにヒュッと引っ張り出せて便利です。

そして、いつも鞄《かばん》に入れて持ち歩くのが、お箸《はし》。先が細くないと食べづらいので、割り箸は嫌いです。船のレストランでも外食をする時でも、必ず自分のお箸を使っています。

本はだいたいミステリーを持参します。私も昔は『七人の刑事』の脚本を書いたことがありますが、私の作品はほとんどがホームドラマです。だからでしょうか、仕事に関係ないミステリーは、読むのも二時間ドラマを見るのも好き。最近読んだ本は、湊《みなと》かなえさんや宮部《みやべ》みゆきさん、桐野夏生《きりのなつお》さん。女性作家が多いですね。

旅行は大好きでも、旅行記は子どもの頃からまったく興味がありません。やはり、自分で体験することが好きなのです。

## 人付き合いは認知症の予防にもいい？

私は一人っ子のせいか、小さい頃から人見知りです。初めての人と付き合うのが怖いのです。自分がどう思われるかわからない。もしかしたら嫌われてしまうかもしれない。だったら一人のほうがいいや。小学生時代からそうでした。

母はそんな私をかわいそうに思って、よく友だちを家に呼んでくれました。家に帰ると同じ年頃の近所の子が五人も六人もいるのですが、私と遊ぶためというよりも、みんな母のお菓子につられて来ているのです。

でもその後、その子たちにはずいぶん助けられました。私は母の反対を押し切って東京の大学に行ってしまったので、母は大阪に一人きり。父は仕事で飛び回っていましたから家にはほとんどいません。そんな時、私の女学校時代の友だちが母を心配して時々見に来てくれたのです。一人娘の私にべったりだった母も、それでずいぶん寂しさが癒されたはずです。

そんな私も大人になって、旅を通して知り合った人たちとは、わりとスムーズに打ち解けて仲良くなれました。でも年を取ってからは、新しい人と積極的に知り合いたいと思う気持ちが消えていきます。

自分から交際範囲を広げなくなったのは、もしかしたら作家である自分の名前が邪魔しているのかもしれません。書いたドラマを多くの方に見ていただけるようになった分、私自身を出すことで人さまをガッカリさせてはいけないという思いがあります。

そこまで考える必要もないのでしょうが、いつの間にか自分よりも作品のことを大事にするようになりました。橋田壽賀子の名前がなかったら、本来はもっと呑気《のんき》な性格だと思うのですけれど。

ただ、人付き合いが苦手だから新しい人と交流しないというのは、もったいない気がします。私は子どももいないので、主人が亡くなってからは熱海の山奥で一人暮らし。特に趣味もありません。そういう中で、旅に出て適度な距離で人とお付き合いをするのはいい刺激です。人と接することは認知症予防にもいいと聞きます。

私にとって適度な距離というのは、相手に負担をかけずに感謝の思いを伝えたり、付き合っても深入りはしないこと。要は、さっぱりさらっと。相手も自分もお互いに気持ちの良い関係でいたいと思います。

どうしたら相手が喜んでくれるかな、と想像するのは楽しいものです。あれこれ考えるのは脳の訓練になりますし、結果的に相手が喜んでくれたらこちらもうれしいもの。それが私が旅に出た時の人付き合いのコツです。

# 体力作りは欠かせない

## 週一、二回は一〇〇〇メートル泳ぐ

年齢を重ねると、どうしても体力に自信がなくなってきます。でも、旅はまだまだ楽しみたいし、机で原稿用紙に向かうのだって体力がいります。近頃、足腰が思うように動かなくなるロコモティブ・シンドロームという言葉をよく聞きますが、そのロコモになるわけにはいきません！

週三日、個人トレーナーについていただいて、整体と、筋肉を衰《おとろ》えさせないための運動をしています。あとは週に一日か二日、プールで一〇〇〇メートル泳いでいます。好きなのは背泳ぎです。年中、下を向いて文字を書いているので、反対に上を見て背筋を伸ばすのはとても気持ちがいい。プールから上がると血行が良くなって体も頭もすっきりです。

一〇〇〇メートル泳ぐというと驚かれますが、私の場合、泳ぐというよりも体を伸ばすことに重点を置いているので、スピードは本当にゆっくり。だから全然くたびれません。これまで何人かのお友だちにも水泳を勧め、皆さんすっかりハマってしまいました。

最初にそういう泳ぎ方を教えてもらったのが良かったのだと思います。水泳を始めたのは五〇歳で、きっかけはバドミントンで膝《ひざ》を痛めてしまい、お医者さんに「水泳なら膝に体重がかからず、筋肉もつく」と勧められたからです。

カナヅチだった私に泳ぐ喜びを教えてくれたのは、ミミです。「おかゝの会」のメンバーで、あの元オリンピック選手の木原光知子さんです。ミミは「腕をうんと伸ばすこと」と「ゆっくり泳ぐこと」を熱心に指導してくれました。

当時は東京のホテルオークラのプールで彼女の指導を受けていました。帰る時に、よほど私が血行の良い顔色をしていたのでしょう。何度かタクシーの運転手さんから「奥さん、ご機嫌だねぇ」と言われました。ホテルのバーで飲んだ帰りと勘違いされたようです。

習い始めてひと月もしないうちに二五メートル泳げた時は、ミミと抱き合って喜びました。大学に合格した時よりも就職が決まった時よりもうれしかった。二人で祝杯を挙げ、飲めない私はすぐに酔っぱらってしまいました。彼女とは旅行にも一緒に行きましたが、テキパキと仕切ってくれて、旅先でもとても頼りになる存在でした。

そのミミの突然の訃報《ふほう》を聞いたのは、八年前、仕事で博多《はかた》に行く日の朝でした。人が亡くなってもあまり泣かない私ですが、あの時は涙が出ました。新幹線が岡山の彼女の実家のそばを通ると、窓の向こうにはたくさんのコスモス。「ああ、ミミはコスモスが好きだったな」などと思い出しているうちに博多に着きました。

私が八九歳の今も元気で泳ぎ続けていられるのは、彼女の教え方と人柄が良かったから。そして、健康のために始めた水泳は、旅の楽しみをグンと広げてくれています。海で大きなナポレオンフィッシュと一緒に泳いだこともありますし、船やホテルのプールで青空や星空を眺めながら泳ぐのは最高の気分です。

## 肉を食べる

専属トレーナーさんによると、私くらいの年齢になると筋肉はもうつかないそうです。何もしなければ筋肉はどんどん落ちていく一方なので、できるだけ落とさない努力をすることが大事なのだそうです。そのためには、体重を今より減らしてはいけないと言われています。

少し前まで、お医者様からは膝に負担をかけないように「瘦《や》せろ、瘦せろ」と言われて、苦労しました。それが「瘦せてはいけない」とはありがたい話です。もちろん太り過ぎはいけませんが、瘦せて膝にかかる負担を減らすよりも、膝の周りの筋肉を鍛えることで骨への負担を減らすのがいいのだそうです。

筋肉をつけるには、エネルギーになるものをしっかり摂《と》らなくてはいけません。

うちはお手伝いさんが四人いて、ローテーションを組んで来ていただいていますが、そのうちの一人は栄養士の資格を持った方なので頼りになります。毎日、生野菜がたっぷり出てきますし、お肉も必ず出てきます。ビーフステーキだったら一二〇グラム。普通は一人前が一〇〇グラムくらいですから、少し多めです。

カロリーも全部計算してくれているので、私は出てきたものをおいしくいただくだけです。でも、大好物のカキフライなどは、つい箸が止まらなくなってしまいます。先日は一〇個も食べてお手伝いさんに驚かれました。

それに、私はお手伝いさんが用意してくれたもの以外に、夜中にこっそりお菓子も食べるので、体重が減る心配は絶対になさそうです。仕事がお休みの日は間食もしないお利口さんですが、原稿を書いているとつい口寂しくなってしまうのです。

お菓子と言えば、以前、ドラマのプロデューサーに原稿を渡したら「おせんべいを食べながら書きました?」と言われました。プロデューサーという人は文脈からそんなことまでわかるのかと感心してしまいましたが、なんのことはありません。私の原稿用紙には食べカスがついているので、何を食べたか察しがつくのだそうです。

お菓子をやめるとストレスになることはわかっているので、それはできません。その代わりに、テレビを見る時はバランスボールに座ってバウンドしながらなど、自分なりにカロリーを消費する努力もしています。気休めかもしれませんけれど。

食事の重要性は、最近、意外なところでも実感しています。

一五歳になるわが家の柴犬、さくらです。柴犬の一五歳は人間に換算すると八〇歳くらいだそうで、まさにロコモ世代。その老犬が、飼い主もびっくりするくらい若返ったのです。

最近来ていただいているお手伝いさんに犬好きな方がいて、さくらのご飯の栄養管理までしてくださっているのです。メニューにはビタミン〇グラムとかコンドロイチン〇グラムなんて書き込んであって、人間のような扱いです。

何より、そのお手伝いさんがさくらと接する時の愛情のかけ方が半端ではありません。飼い主よりもはるかにかわいがってくれるので、さくらの顔がどんどん若々しく元気になって、歩き方もしゃんとしてきました。うちにお客様がいらしても、さくらが一五歳と聞くと皆さん驚きます。

手をかけるとこうも若返るのかと、犬に教わりました。やはり何事も「年だから」と諦めてかかるのはいけません。健康は愛情から。人間も同じですね。

# 人生の終わりを考える

## 子や孫にお金を残すよりも……

年を取った時に、お金をどう使うか。私は自分の好きなことに使うのが一番いいという考えです。ですから旅にお金は惜しみません。貧乏だった若い頃も、幸いオシャレに興味がなかったので、給料のほとんどを旅行に使っていました。

そう言えば、ユースホステル仲間には会社の御曹司《おんぞうし》などお金持ちの子も何人かいて、そういう子がご馳走してくれると言えば、もう遠慮なく付いて行きました。五〇年前はそれがごく普通のことでしたから、カニでもウニでも遠慮なく。「ありがとうね」みたいなことで終わりです。そのことを今思い出して、ふと「お返しをしなくちゃ」と思いましたが、今さらどうしようもありません……。

でも、世の中そんなものではないでしょうか。

お金の使い方で一番つまらないのは、無理して子どもに残すことだと思います。子どもはもらうだけで、返してくれませんから。「あんなに助けてあげたのに、親の私が病気になってもろくに看病してくれない」なんて恨むのが関の山。だから、子どもやかわいい孫にあげるのなら、見返りを求めないことです。

遺産として残してあげたばかりに、子どもたちの仲が悪くなることだって珍しくありません。せっかく苦労して稼いだお金なのですから、自分で好きなように使ったほうがいいと思います。子どもは子どもで、社会に出たら親のお金をあてにすべきではありません。

今年（二〇一五年）二月に放送した『渡る世間は鬼ばかり』は、遺産相続をテーマに脚本を書きました。小料理屋「おかくら」の主である岡倉大吉《おかくらだいきち》が急逝して、店を売れば一億円になるという話です。五人姉妹で割れば一人二千万円。最初は誰も遺産をもらうことなど考えていませんでしたが、お金が入るかもしれないとなると、人間あてにして使い道をあれこれ考えてしまいます。でも、最終的には父の店を残すことにして、姉妹たちはこれまで通り仲良く集まれる場所があることを喜び合いました。
『渡る世間は鬼ばかり』は二五年続いていますが、私はこのドラマに「時代」を取り入れて書き続けてきました。その時々の社会問題を、登場人物を通して「この家庭では、こういうふうに解決しましたよ」と一つの解決策を示してきたつもりです。嫁姑問題や熟年離婚、脱サラ、お受験、親の介護、中学生の非行……全部そうです。世の中は問題だらけですから、まだまだ書きたいことがいっぱいあります。

遺産相続から話が逸れてしまいましたね。要は考えなくてはいけないのは、お金を残すことではなく、自分自身が豊かな人生を送ることです。そのためにも、仕事や子育てから手が離れたら、何か趣味のようなものがあるといいでしょう。ガーデニングでもダンス教室でも、親が何かを生き生きと楽しんでいる姿を見るのは、子どもにとってもうれしいものなのではないでしょうか。私にとってはそれが旅なのです。

そもそも私は夫も子どもも兄弟もいない天涯孤独の身。遺産でも何でも恨みっこなしです。思えばこの世に心を残す人もいない、スッキリとしたいい人生です。主人が生きていたらこうはいきません。主人の生前は、旅に出ても途中何度も家に電話を入れていましたし、家で一人でいる夜中に電話が鳴れば主人に何かあったのではと、いつもドキッとしていました。今はそれもなくて呑気なものです。

## 終活《しゅうかつ》ノート

知り合いの方から「たまにはテレビに出ないと、橋田壽賀子は病気になったんじゃないかとか、死んだとか思われますよ」と言われました。自分がそんなに有名人とは思っていませんが、確かにそうかもしれませんね。以前はバラエティー番組に呼ばれればお受けして、華やかな世界を新鮮な気持ちで楽しんでいました。

私はドラマの脚本を書いていますが、俳優さんとはほとんどお付き合いがありません。撮影現場にも行きません。理由は、俳優さんたちの人間性とは関係のないところでセリフを書いていきたいからです。お会いして個人的なお付き合いをすれば、つい余計な感情も入るでしょう。画面に映る姿だけを見て書くのは、作家としてのモラルのようなものかもしれません。その点、本業に関係のないバラエティーなら気が楽ですし、頭の刺激にもなります。

でも、近頃は都会に出るのが少しおっくうです。テレビ局での収録が夜遅くまでかかれば、熱海に帰り着くのは夜中。生活のリズムを変えるのも嫌なので、お断りすることが多くなってしまいました。我慢してお受けするくらいなら、世間から「死んだ」と思われたって私はかまいません。

周囲のいろいろな人に伝えているのですが、私が死んでも、お葬式も偲《しの》ぶ会もいらないと思っています。ああいうものは残された家族のためにあるからです。主人が亡くなった時も、参列してくださった方の多くは私のためでした。そのお気持ちはありがたく思いますすし、同時に肉親のいない私には必要ないとも思えます。

最期《さいご》はそっと消えて、何年か経った頃に「そう言えばそんな人がいたね」と思ってもらえれば、それで十分。そう考えるのはおかしいのでしょうか。

私の両親のお墓は、父の故郷である愛媛県の今治《いまばり》にあって、いずれは自分もそこに入ろうと考えています。

夫は自分の母親が大好きだった人で、母親と一緒にいたいというのが遺言でしたから、遺言通り岩崎のお墓に眠っています。彼の実家からは「壽賀子さんは入らないでくださいね」と言われています。所詮《しょせん》、嫁は他人。そんなものなのでしょう。

私もそこに入るのは抵抗がありましたから、ずいぶん前に「文學者之墓」というのを買ってあります。会員になっている日本文藝家協会《にほんぶんげいかきょうかい》が管理しているお墓で、静岡県の冨士霊園にあります。でも、最近はそこに一人で入るのはなんだか寂しい気がしていて、今治の両親のお墓に入ろうと思うようになりました。「文學者之墓」には主人と私の遺品を入れておこうと思っています。

今治のお墓は、折々に訪ねてはお線香《せんこう》を手向けています。少し前、住職《じゅうしょく》さんからおかしなことを聞きました。「橋田壽賀子さんのお墓はどこですか？」と訪ねてくる人がいるというのです。「テレビに出ないと死んだと思われる」も、まんざら冗談では済まないようです。

せめて将来、私のお墓を訪ねて来てくれた人にみっともなくないように、少しは見栄えのするいいお墓に建て替えなくてはと、今考えているところです。

天涯孤独の身だからこそ、いろいろと考えておかなくてはいけないことがあります。そういう時「終活《しゅうかつ》ノート」は便利ですね。お友だちが買ってきてくれたのですが、あれを作った方はすごいと思いました。身の回りのことや知り合いの連絡先、自分史など、もしもの時に自分が伝えたいことが、細かく書き込めるようになっています。

大事なことが次々と記憶から脱落していってしまう世代には、本当に便利。売れている理由がわかります。テレビや新聞でも話題になりましたから、もう買ってしっかり書いてあるという方もいらっしゃるでしょうね。

私はと言えば、大いに感心したものの、忙しさにかまけてきれいなままです。これでは意味がありませんね。

死ぬことを「旅立ち」と言いますが、その旅の支度も少しずつ進めなくてはと思っているところです。

# 6章

# 船の旅が一番！

## ――好奇心の赴くままに

# 船旅の魅力

## クルーズから始まった二〇一五年

二〇一四年の暮れから今年初めにかけ、飛鳥Ⅱで一〇日間の「ニューイヤーグアム・サイパンクルーズ」に行きました。

これまでは連続ドラマの執筆に追われ、船の上でも仕事をしていました。しかし、今ようやく連続ドラマから解放され、念願だった締め切りのない生活です。船の上で初日の出を拝《おが》みながら、新年の目標も立てました。

「よし、今年は遊ぼう！」

我ながら、大海原《おおうなばら》の真ん中で立てるにふさわしい目標です。「初夢は見ましたか？」と聞かれましたが、それこそ現実が夢みたいな毎日です。眠ってなどいたらもったいない。しばらくたっぷりエネルギーを補給して、次に備えたいと思います。

前年に続いて二度目の「ニューイヤークルーズ」ですが、何が一番楽しみだったかと言えば、餅《もち》つきです。甲板《かんぱん》でつく順番を待つ間、列に並んでいるほかのお客さんたちとおしゃべりに花が咲きます。それも楽しくて、並ぶのも全然苦ではありません。

私の順番がきたので、バトン代わりの青いはっぴを受け取って着て、杵《きね》を振り上げ「よいしょ！」「よいしょ！」皆さんが「よく上がってますよ」なんて褒めてくださるので、杵の重さも忘れて「もひとつ、よいしょ！」

出来上がったお餅は、あんこ、きなこ、海苔《のり》、大根おろしの四種類。大海の上で食べたお餅は格別の味でした。


餅つきをすると、大阪にいた子どもの頃を思い出します。

家に臼《うす》と杵を担いだ職人さんがやって来て、ペッタンペッタンついてくれるのです。小学生の頃はそれを見ているだけでしたが、女学校になってからは私もつかせてもらいました。ついたお餅を蒸《む》すのは母がやり、アツアツを小さく丸めるのは私も手伝いました。

母が作ってくれたお餅の中でも、私は納豆《なつとう》を載せた納豆餅がお気に入りでした。納豆嫌いと言われる関西ですが、母は好きでよく納豆餅を作ってくれました。

そんな楽しい思い出と重なって、今も餅つきが好きなのかもしれません。

クルーズの大晦日《おおみそか》には賑やかなカウントダウンパーティーがあって、元日は朝から鯛《たい》やら伊勢海老《いせえび》やら贅沢《ぜいたく》なご馳走《ちそう》をいただきました。木のお重《じゆう》は記念に持ち帰って、お料理を入れて便利に使っています。

お客さんはファミリーがとても多くて、親子三代という方もいらっしゃいました。おじいちゃんが奮発《ふんぱつ》して子ども夫婦と孫を連れてきたそうです。中には、廊下でつまらなそうな顔をしている子の姿も。船では友だちにも会えませんし、一〇日間も知らない大人たちに囲まれていたら飽《あ》きてしまうのかもしれませんね。

私にとっては、呑気ないい旅でした。

ただ、日本に帰ってきたら風邪《かぜ》をひいてしまいました。南国との気温差が大きかっ

年末年始を太平洋上で過ごす飛鳥Ⅱの「ニューイヤークルーズ」には、これまで二度参加しました。一番のお楽しみは餅つき。甲板で杵を振るいました

たからかもしれません。風邪をひいたらとたんに食欲が落ちて、好きなお肉も食べたくなくなってしまいました。体重もどんどん減って、プールに行く元気もなくなってしまったのです。体が健康でないと気持ちまで弱ってしまいますね。これが老衰《ろうすい》というものかと初めて思いました。

それでも、早くから決まっていたドラマの記者会見には出席しました。

一番の気掛かりは、ニューイヤークルーズから下船してすぐの一月三〇日から、再び飛鳥Ⅱで行く「南太平洋グランドクルーズ50日間」でした。弱っていても、旅に行きたい気持ちはあったのです。ハワイで、火山の上空をヘリコプターで飛ぶツアーを予約していたので、どんなふうに見えるのかと、とても楽しみでした。

出発の直前、お医者様からは「五〇日の船旅など無理」と言われました。でも、船に乗ったら元気になりました。老衰は撤回です。やはり私にとって、見たいものや行きたいところがあれば、それが一番の薬なのかもしれません。

## 楽しみが凝縮された船

大好きなクルーズですが、その最初は一九九八年に外国の客船で行ったアラスカです。先にもお話ししましたが、一緒に行ったのは、その数年前に中南米ツアーで知り合った方たちと、ユースホステル時代からのお友だちです。

船からは大きな氷河の壁やたくさんのクジラが見えました。陸地にはシカやクマもいて、いくら見ていても飽きません。寒さを忘れてずっと甲板に立っていました。気の合うお友だちとの快適な旅で、以来クルーズが大好きになりました。

船旅は特にお年寄りにお勧《すす》めです。乗っていれば世界のどこへでも連れて行ってもらえる、まさに動くホテルです。

まず一番いいのは荷物が楽なこと。どこに行くにも船が運んでくれます。これが飛行機だと移動のたびにパッキングして空港に預け、着いたらターンテーブルで受け取って、また次の目的地まで運ぶ必要があります。体力がないと大変です。

三カ月間の世界一周クルーズでは、食事も毎回、一度として同じメニューは出てきませんでした。それに「今日はあっさりしたものがいいな」と思っているとあっさりしたものが出てきますし、「そろそろ中華が食べたい」と思えば中華が出てきます。見事なまでに胃袋を読んだメニュー作りです。

パナマ運河を通る時は「スルリと航行できるように」と必ずウナギが出てくるシャレも利《き》いています。フレンチのフルコースの日もあれば、あんこう鍋などのお鍋もある。お茶漬けでもなんでもあるので、三カ月ぶりに日本に帰って来ても「これが食べたい」と思うものがありません。

それに、皆さんのマナーがとても良くて、食事中に大声で話したり笑ったりということがありません。外国の船だと隣の人の声も聞こえないくらい賑やかになることがあるので、私は少し苦手です。

クルーズ料金は部屋のタイプでさまざまですが、どの部屋も基本的に船内の施設は共有ですし、食事の内容も同じ。よくクルーズは高いと言いますが、リーズナブルな部屋に泊まればすごくお得だと感じます。

テニスやゴルフ、ピンポン（卓球）などスポーツ施設で汗を流したり、将棋《しょうぎ》やパソコン教室などへの参加、シアターで映画三昧やショッピングも楽しめます。展望大浴場で海を眺めながらお湯に浸かれるのは日本船ならではです。ダンス好きな方は毎日バンドの生演奏をバックに好きなだけ踊れます。

これらすべてを陸上で楽しもうと思ったら、あちこち行かなくてはいけませんし、費用もかなりかさむでしょう。凝縮された船なら一度にタダで楽しめるわけです。

さらにありがたいのが、お医者様が一緒に乗っていること。夜中に具合が悪くなっても、救急車を呼ぶよりも早く駆けつけてくれます。

一つ私が残念だなと思うのは、水です。洗面所の水は海水を真水にしているためか、髪や肌が荒れやすい。普通の水はいくらでもいただけるのでそれを使えばいいのですが、つい忘れてしまいます。船は乾燥するので、それも肌に良くないのかもしれませんね。

一度、顔のエステに行ってみたいと思っているのですが、今からでも行けば少しはシワも伸びるでしょうか……。

ちなみに私は飛鳥に六〇〇泊し、記念品をいただきました。いかに遊んでいるかと自分で感心しています。

## お気に入りのラウンジでぼんやり海を見る

飛鳥Ⅱで特にお気に入りの場所は、ビスタラウンジです。船の一番前にあって、ガラス張りの非常に見晴らしのいいラウンジです。

朝食の後、そこでカプチーノを飲みながら、時にはドーナッツもいただきながら、ぼんやり海を眺《なが》めるのが私の大好きな時間です。午前中はカルチャー教室に参加する方が多いので、あまり人もいなくて静か。打ち合わせをする人たちはあちらのスペース、静かに本を読んだり編み物をする人たちはこちらのスペース、という具合に暗黙のうちに分かれていて、お互いに過ごしやすい環境にしているのがいいですね。ここでのんびり過ごすのが至福のひと時です。

連続ドラマを書いていたついこの間までは、四〇〇字詰め原稿用紙一日一〇枚というノルマを自分に課していました。『渡る世間は鬼ばかり』は一年間放送の連続ドラ

動くホテルのような飛鳥Ⅱ
撮影／中村庸夫

飛鳥Ⅱで特に気に入っているのは、船の一番前にある、ガラス張りの「ビスタラウンジ」。カプチーノを飲みながら、海を眺めるひと時は至福

マで、一年おきに二〇年続きました。一シリーズ書き終えたらもうぐったりです。一シリーズが終わっても、次のシリーズにはどんな出来事を盛り込もうとか、誰をどう動かそうかといったことを年中考えているので、常に何かを背負っている状態でした。

その間に単発ドラマも入ります。アメリカに渡った日系移民のことを取り上げたくて五年前に書いたのが『99年の愛〜JAPANESE AMERICANS』です。一〇時間のドラマで、構想から執筆まで四年かけました。読んだ資料は段ボール四箱分です。

思えば五十代、六十代の頃は、さらにハードでした。原稿用紙一日二〇枚、年間六〇〇〇枚を書いた年もあります。今では信じられない量ですが、それができたのはやはり、旅というニンジンが目の前にぶら下がっていたからです。

好きな仕事をしているとはいえ、締め切りに追われて書く作業は決して楽しいものではありません。苦しみです。そういう中で旅を唯一の楽しみに、原稿用紙を埋めていたのです。それにしても、よくもまぁそんなにスタミナがあったものだと我ながら感心してしまいます。若いから走り続けられたのでしょう。

今はビスタラウンジのような場所で、頭を空っぽにする時間が必要です。連続ドラマから解放され、締め切りに縛られないというのがこんなに気が楽なのかと、のんびりできる時間を満喫しています。

## 船での過ごし方

船の旅は、港に入る時と出る時が特に好きです。

港町は海からの景観が素晴らしいので、入港する時は船首の甲板に立ってゆっくり見ます。これは飛行機や電車の旅では味わえない醍醐《だいごみ》味です。

特に好きなのはトルコのイスタンブールです。ギリシャ沖からマルマラ海に入り、やがて陸地に近づくとモスクや宮殿が見えてきて「ああ、トルコだなぁ」と思えます。単純ですが、それがいいのです。

ニューヨークや香港の夜景は、何遍見ても素晴らしいですね。出港する時は、後ろの甲板や部屋のバルコニーから見えなくなるまで見ています。

ベトナムは、港自体はどうということもありませんでしたが、港に向かうまでに葦《あし》が生い茂った中を進むのが面白い体験でした。ミャンマーもそうです。飛鳥で川を上って行くと、緑の森の中に白や金色のパゴダ（仏塔）が顔を出しているのが見えてきます。これはミャンマーにしかない景観ですから「ああ、ミャンマーに来たな」と実感できます。

船での私の一日は、朝九時までに和食の朝食を済ませて、その後ビスタラウンジでカプチーノタイム。それから部屋に戻ります。仕事があればしますし、ない時は本を読んで過ごします。一時半からランチをいただいたら、午後は気功《きこう》やジムに行って、夕方からはプール。ディナーは七時半からで、その後は部屋に戻ります。これがだいたい定番の過ごし方です。

夜はショーやカジノを楽しむ方もいますが、私はたいてい部屋でのんびりするか、仕事をしています。船ではおとなしく過ごし、寄港地に上陸する日は思い切り遊ぶことにしています。

朝は船内放送の楽しみもあります。毎朝、船長から「おはようございます」の挨拶があるのですが、これから行く土地のことや船のことなど、ちょっとしたエピソードも一緒に話してくださる船長がいらして、それを聞くのが毎朝の楽しみでした。

世界一周も残り一週間くらいになると、皆さんと同じテーブルでお食事をさせていただくことがあります。フォーマルの日は船長や機関長も一緒にテーブルに着いて、それも楽しいひと時です。

ほかのお客さんと船を降りてからもお付き合いをするということはありません。それでも次のクルーズでまた顔を合わせると、なんだか懐かしいお友だちに再会したような気持ちになって、前回の続きのように接することができます。

クルーズが好きな者同士、どこか深い共通点があるのでしょう。船で知り合ったお友だちというのは、ほかのお友だちとは少し違う気がします。

## はかどる仕事

クルーズの最中、部屋で原稿用紙に向かうのは、それほど苦ではありません。世界一周クルーズで三カ月も遊んでいると「少し書いておこうかな」と思ってしまうあたり、そもそも貧乏性なのかもしれませんね。

窓辺に机とイスを置いていただき、私は家で愛用している筆箱と原稿用紙を持って行きます。筆箱は小学五年生の時に母が買ってくれたもので、テープで何度も補強して使っている宝物です。

『渡る世間は鬼ばかり』の原稿も何度か船で書きました。じつはあのドラマが生まれたのは亡き主人のおかげです。

というのも、テレビマンだった主人は脚本家の育成のために「橋田文化財団」の設立を考えていました。しかし、夢半ばで亡くなり、周囲の方たちから「故人の遺志を尊重して財団を作ってはどうか」とお話をいただきました。

財団を作るには基金三億円が必要でしたが、少し足りず、ＴＢＳが一年の連続ドラマを書くことを担保《たんぽ》にお金を貸してくれたのです。こうして生まれたのが『渡る世間は鬼ばかり』です。

ドラマの大枠は、プロデューサーの石井ふく子さんと打ち合わせを兼ねて行ったタイでできました。

タイの旅先、もともと旅行嫌いなふく子さんが熱を出してホテルで寝込む中、私はプールで泳いだり、観光客向けの射撃で遊んだり。主人が亡くなってから、気持ちをなかなか新しい仕事に向けられなかったのです。

ふく子さんから「もういい加減《かげん》、仕事をしましょう」と発破をかけられて打ち合わせを始めたら、彼女はすっかり元気になりました。あちらは私と反対で、仕事で元気になるタイプです。

一年間の連続ドラマだから、子どもが多いほうが問題もたくさん起こるし、女の子ばかりの姉妹のほうが会話も多くて話も作りやすいからと、岡倉家の両親と五人姉妹の物語にしました。リゾート地でドラマを練《ね》っても、やっぱり私が書くのは普通の家族の話です。

『渡る世間は鬼ばかり』は一シリーズだけのつもりが、多くの方に見ていただき、おかげさまで一〇シリーズも続くことになりました。二〇年です。放送時間にして五〇〇時間になるそうです。ドラマ一時間が四〇〇字詰め原稿用紙で六〇枚なので、全部で三万枚書いた計算です。考えただけで気が遠くなります。スペシャル版の放送も含めればもう二五年続いています。旅という楽しみがなければ書き続けられなかったでしょう。

以前、外国の船でバルト海クルーズをした時に『渡鬼音頭《わたおにおんど》』の歌詞を書き上げました。ドラマのメンバーでディナーショーをやることになって、その時に歌う歌を作ってほしいと頼まれていたのです。

出来上がった歌詞は「嫁と姑」とか「遺産相続」とか「あー、ヤダヤダ」とか、ドラマの世界のまんま。一緒に行った泉ピン子さんから、「バルト海に沈むロマンチックな夕日や目もくらみそうな絢爛豪華《けんらんごうか》なエカテリーナ宮殿を見ながら、よくもこんな生活感溢れる詞が書けるものだ」と、感心されました。歌詞は八番まであります!

# 最後にもう一度行きたいのは南極

## 北極で白夜《びゃくや》を体験

「生きている間に北極と南極に行きたい」というのが長年の夢でしたが、二〇〇三年に北極に行くことができました。夢の一つがかなったのです。ヨーロッパ最北の地ノールカップで白夜を体験しようという旅です。

さすがに白夜を体験するのは大変。日本からロンドンに飛び、ロンドンからノルウェーのオスロとトロムソで飛行機を乗り継いでホニングスボーグへ。そこからバスでようやくノールカップ岬にたどり着きました。

沈まない太陽を見るために、最初は崖《がけ》のようなところに立って待っていたのですが、途中からはガラス張りの喫茶店に入りました。水平線まで徐々に下りてきた太陽が、沈むことなくまた昇っていきます。その様子を大勢の観光客が固唾《かたず》をのんで見つめていました。

結局、二、三時間眺めていたでしょうか。私は白夜の神秘現象よりも、よくもこれだけ大勢の人がこんな北の果てまでやってくるものだと妙なところに感心してしまいました。自分もそのうちの一人だったと、我に返って笑ってしまいましたが。

その後で行ったアイスランドも印象的です。荒々しくも変化に富んだ光景に「地球は生きている」と実感させられました。勢いよく吹き上がる間欠泉《かんけつせん》や、見渡す限りの溶岩《ようがん》大地、青い温泉の湖など、見たこともないものばかりです。

意外だったのが、それら景勝地にいっさい囲いがなかったことです。危険なところには近づかないなど、見物の仕方は旅行者一人一人の見識に任せるというスタイルなのでしょう。なんでもかんでも規制するのではなく、そんなふうに自然との距離を自分で考えるのは良いことだなと思いました。

しかし、頭ではわかっていながらも、私は何でも自分で確かめたくなる性格です。地表から立ち上る蒸気に手を伸ばして、アチチッ！　慌《あわ》てて手をひっこめました。熱いに決まっているのに本当に困ったものです。周りは逆にヒヤヒヤです。

ほかにも、砕氷船に乗って北極海をクルーズし、氷上の北極点に降り立ったり、その北極点をヘリコプターで空から眺めたり。グリーンランドで犬ぞりに乗ったり。北極圏や北欧には何度も行きました。でも、行くのはいつも夏なので、オーロラはまだ見たことがありません。テレビや写真で見るのと実物とではやはり違うのでしょうね。

ユラユラと天を覆《おお》うほどのオーロラを、地上から眺められたらどんなに素敵だろうと憧れます。

## ペンギンに見た自分の人生

旅に出ると、この地球は本当に変化に富んでいると実感します。今、最後にもう一度行きたいところはどこかと聞かれたら、答えは南極です。

二〇〇四年の飛鳥のワールドクルーズで、チリのプンタアレナスからブレーメンという耐氷船に乗り換えて南極半島に行きました。これで二つの夢がかなったわけです。雪と氷の真っ白い大陸をこの目で見るのが長年の夢だったのですが、そこは私の想像をはるかに超え、とても表情豊かな場所でした。どこにもないその雄大な自然にすっかり魅せられてしまいました。

これまでアルプス山脈など険しく壮大な雪山はたくさん見てきましたが、それが海上からそそり立っているのです。圧巻でした。海に浮かぶ氷山は、海面スレスレのところや割れ目のところだけが宝石のように澄んだ青色をしていました。

ゾディアックというエンジン付きゴムボートで氷の海をクルージングすれば、ペンギンが群れで泳ぎ、一〇メートルもあるクジラが私たちの下をスーッとくぐっていきます。氷山の上で寝転んでいたアザラシが突然ピュッと尿を飛ばしてきて、思わずよけたこともありました。

せっかくなので水中写真を撮ろうと海に手を入れたら、ナチュラリストという極地専門のガイドさんに叱られました。アザラシの中には肉食のヒョウアザラシという種類がいて、ペンギンと間違えて噛《か》みつかれるかもしれないということでした。

南極大陸や付近の島々に何度か上陸したのですが、種類の違うペンギンやアザラシがいたり、ペンギンの液状のフンが赤くて驚いたり。南極では赤いオキアミを食べるからフンも赤いそうですね。生き物には一定以上近づいてはいけない決まりがありますが、ペンギンは興味津々《しんしん》といった感じで向こうから近づいてくるので、うっかりしていると身動きがとれなくなってしまいます。

南極は自然環境が守られ、軍事利用も禁じられている場所です。今この物騒な世の中において、まさに楽園のような場所であることを、動物たちを見ていても感じます。ここは世界共有の財産ですね。

デセプション島という活火山の島では、砂浜に湯気が立ち上っていました。南極なのに温泉が湧いているのです。「はじめに」でも触れましたが、その火山島にいた一羽のペンギンが忘れられません。まだ羽毛《うもう》が残っている子どものペンギンが、はぐれてしまったのか、群れとは逆の方向に歩いて行くのです。行く先は何もない荒野です。

なんだか自分を見ているようでした。親に半分勘当されて東京に出て、母を二五歳、父を三〇歳の時に亡くしました。そして完全な男社会の職場で、女性が働くことの難しさを感じながら、主人に出会うまでは一人で生きてきました。そんな自分の人生をペンギンの後ろ姿に重ねてしまったのです。気になってつい後を追ってしまい、船のスタッフの「橋田先生、戻ってきてくださーい」という声で我に返りました。

それにしても、こんなに素晴らしい南極の手つかずの大自然を体感できたのも、生きていればこそ。生きているってすごいことです。だからこそ大事に生きなきゃとも思いました。

近年、温暖化の影響で南極半島の付近は氷が減っていると聞きます。もしかしたら一〇年前に見たあの素晴らしい光景はもう見られないのかもしれませんね。良い思い出のまま心にしまっておきたいという気持ちもあります。でも一方で、やっぱりもう一度、行きたい。そのためにも足腰を鍛《きた》えて、あのゴツゴツとした地面をしっかり歩けるようにしておきたいと思っています。

南極では生き物に一定距離以上近づいてはいけませんが、ふと気づくと好奇心旺盛なジェンツーペンギンがこちらに……
撮影／青木勝

## おいしいトナカイ、塩辛《から》いサボテン

テレビの企画で北極圏のノールカップに行った時に、ロケバスの窓からトナカイの群れが見えました。あんなにいっぱいのトナカイを見たのは初めてでしたから、バスを停めていただいて、近くまで見に行きました。強烈なフンの臭いに息が詰まりそうでしたが、よく見ると彼らは優しい目をしているのですね。とてもかわいらしかったです。

その後、立ち寄ったレストランのメニューに「トナカイのステーキ」があって驚きました。聞けば、この地方ではトナカイの肉を普通に食べているとか。私も食べてみたのですが、これが意外とジューシー。牛とも豚とも明らかに違って、もう少しあっさりしていておいしかったです。一緒にいた仲間は「さっきまでかわいいって言ってたのに」とあきれていましたけれど。

同じお店に「アザラシのステーキ」もありましたが、こちらは脂肪が多いからかクジラに似た味でした。

珍しいものはなんでも試してみないと気が済まない私は、食に関しても例外ではなく、食べられると聞けば食べてみたくなります。これも旅の面白さだと思っています。

オーストラリアで食べたワニは、すり身にしてあったのでカマボコを食べているみたいでおいしかったです。やはりオーストラリアで食べたカンガルーは、何も言われないで食べたら「まずい牛肉だな」と思ったかもしれません。でもカンガルーとわかっていましたし、一口食べて「ごめんなさい」でした。

それから、サボテン。サハラ砂漠に野生のサボテンがたくさん生えていて、ガイドさんが「これ塩辛いですよ」と言うので食べてみたら、本当に塩辛かった。でもガラパゴスのサボテンはアロエのようで甘みもありました。この甘いサボテンはフィンチという鳥がエサにしているそうです。フィンチは、ダーウィンが進化論の基礎を作るために最も寄与した動物だと言われているとか。

旅先で食べ物がまずくても、失敗したとか損をしたとは全然思いません。それはそれで一つの発見です。せっかく知らない土地に行くのですから、一つでも多くの発見をしなくちゃつまりません。

## ダチョウから求愛

旅では、建物や芸術を見るよりも断然、自然が好きです。都会は苦手です。

世界遺産のガラパゴス諸島へは南米エクアドルのキトから飛行機で行き、約一週間、クルージングをしながら島々をめぐりました。島固有の生態系が守られ、ここでしか見られないたくさんの生き物たちに出会えました。

まず驚いたのが、海岸の岩場にいたウミイグアナです。岩と同じ色なので最初は見分けがつきませんでしたが、よく見たら佃煮《つくだに》にするくらいいっぱいいました。一見恐竜のようですが、おとなしくて、呑気《のんき》に海藻を食べたり泳いだりしています。顔は意外と愛嬌がありますね。残念ながら触ることはできませんが、そうやってしっかり守られているから人間にまったく警戒心を持たないのでしょう。

ある島には、足が鮮やかな青色をしたアオアシカツオドリがいて、また別の島に行ったら今度は真っ赤な足のアカアシカツオドリ。どちらも、まるでペンキを塗ったようでした。グンカンドリもいっぱいいました。ホテルのプールで泳いでいたらペリカンが来たので、一緒に泳ぐこともできました。ガラパゴスは生き物の観察が本当に楽しかったところ。何より生き物が人間を恐れないことに感動します。

ナミビアのナミブ砂漠では、車で走っている時にダチョウの群れに遭遇しました。砂漠の中をチャチャチャチャチャッとびっくりするくらい速いスピードで走るのです。でもよく見るとお尻の振り方がカワイイ！　すっかり気に入ってしまいました。

ダチョウと言えば、南アフリカの喜望峰に行った時、檻《おり》の中にいたダチョウが私めがけて走って来て、羽を大きく広げたので驚いたことがあります。檻の中なので怖くはありませんが、私よりもはるかに大きなダチョウです。飼育係の方が「これは求愛行動です」と説明してくれました。私はダチョウではありません。でも、相性はいいみたいです。

海の生き物も好きです。カリブ海ではイルカに乗せてもらいました。足裏を二頭の鼻先に押されて、スス―ッと泳いだりジャンプをしたり。自分もイルカになったようで気持ちよかったです。

アフリカのジンバブエで泊まったヒュッテのような宿泊施設は最高でした。すぐそばをキリンやゾウが普通に歩いていましたし、ザンベジ川でボートに乗ったら水面に何かがポコポコポコポコ。よく見たらカバの目玉と鼻でした。彼らはたまに陸に上がってきて、宿のそばを歩いていました。さすがアフリカ、スケールが違いますね。

南極海では、寒さも忘れてデッキで海を見ていました。氷山街道と言われる場所ではビルのような氷山やテーブルのような氷山、大小いろいろな形をした氷山が浮いています。どこかにペンギンがいないかなと思って「ペンギンさん、出てこーい！」と叫んでいたら、なんと本当に現われました。それも、ちょうどオペラ座のような形の氷山に乗ったペンギンたち。白と黒の燕尾《えんび》服を着て、まるで歌っているようではありませんか。地球の果てで起きた奇跡に感謝です。

南アフリカのケープタウンに近い喜望峰でダチョウの飼育場へ。なんと！　檻の向こうのダチョウから求愛されてしまいました

## 滝はアトラクションが楽しみ

世界三大瀑布《ばくふ》は何度か行きました。アメリカとカナダにまたがるナイアガラの滝、アルゼンチンとブラジルにまたがるイグアスの滝、アフリカのジンバブエとザンビアにまたがるビクトリアの滝（ビクトリアフォールズ）です。

季節によって水量が違うので見え方も変わりますし、ヘリコプターで上空から見たり、ボートや徒歩ですぐそばまで行って見たりと、楽しみ方もいろいろです。

最初にナイアガラの滝に行った時は、その大きさや流れ落ちる水の勢いに感激しました。でもイグアスの滝を見たら、世界一というその水量に圧倒され、ナイアガラが箱庭のように感じられました。イグアスをヘリコプターで空から眺めると、世界遺産だけあって本当に見事です。

二回目にイグアスを訪ねた時は、アルゼンチン側からゴムボートに乗って滝の中に入ってみました。豪快に流れ落ちる滝に向かっていくのは少し勇気がいります。滝壺に突っ込むと、真っ白で何も見えません。出てきた時は当然ながら全身びしょ濡れ

世界三大瀑布のひとつ、イグアスの滝。これを見たら、ナイアガラの滝が箱庭のように感じられました。世界は広いですね。50年来の「旅友」の竹井順子さんと

で、もう笑うしかないという感じでした。空から見た時とはまた違った世界遺産の良さが味わえました。

ビクトリアの滝は季節によって水量が全然違い、同じ場所とは思えないほどでした。

そんな三大瀑布とは別に、落差が世界最大という南米ギアナ高地のエンジェルフォールにも二度行きました。二度目の時は滝を見上げるだけでなく、ヘリコプターで滝の源流まで上がって行って、広大なテーブルマウンテン（卓状台地）の上を遊覧飛行。川原に降りることができたのは人生最高の旅の瞬間でした。さらに、滝のそばの川で渓流下りに挑戦。小さな船で岩を除《よ》けながらかなりのスピードで下っていくスリル満点の渓流下りです。一緒にいた女性たちは嫌がっていましたが、私はそういう遊びが大好き。いくつかあった難所ではものすごく揺れて、ギャーギャー大騒ぎです。結局三時間くらいかかったでしょうか。日も沈んでしまい、皆さんにずいぶん恨《うら》まれました。

でも途中、素敵な発見がありました。森の中に入った男性が、たくさんのホタルを見つけたというのです。船からも少し見えました。船着き場で船を降りて見に行ったら、大きなホタルが見たこともないほどいっぱいいました。日本ではなかなか見られない光景です。偶然の発見に感激しました。

## 塩のホテル、洞窟のホテル

ボリビアのウユニ塩湖は、見渡す限り白く光っていて、とても不思議な世界でした。白いのは砂ではなくて塩のせいです。ここはかつて海底からアンデス山脈が隆起した時に、大量の海水ごと持ち上がったためにできた湖だそうです。海水は干上がって、塩だけが残ったそうです。

訪ねたのは乾季でしたが、少し掘ると水が染み出てきました。木や石など遮《さえぎ》るものが何もないので、純白の大地に映る人間の影がものすごく長くてきれい。あんなにきれいな影は初めて見ました。雨季になれば塩の湖面に雨水が溜まって、人や雲をまるで鏡のように映すようです。

このウユニ塩湖は、ホテルも塩でできていました。壁もベッドも塩で、当たり前ですが舐《な》めれば塩辛《から》い。なんだかあまり落ち着きませんでした。世の中には珍しいホテルがあるものです。

珍しいホテルといえば、トルコのホテルも変わっていました。洞窟《どうくつ》ホテルです。かつて迫害されたキリスト教徒たちがこの地にやって来て、洞窟を掘って住居にしていたのだそうです。今はホテルとして観光客に大人気で、けっこうお値段も高いようです。でも私はこういうところは苦手なので、泊まるのは遠慮して見物だけさせていただきました。

若かりし頃のユースホステルの旅でも感じたことですが、やはり古いお城は苦手です。イギリスのお城のホテルは、部屋の半分くらいを占める天蓋《てんがい》付きの大きなベッドに大理石《だいりせき》のバスルームで、まさに貴族の館《やかた》のように立派でした。そこに泊まることになっていたのですが、私は別料金を払って普通のホテルに泊まりました。飾ってある絵がこちらを睨《にら》んでいるようでしたし、なんだか呪われそうです。古いお城で眠るなんて、やはりどうにも落ち着きません。

アフリカのビクトリアフォールズのそばの川沿いにあったコテージは印象的です。部屋の窓からヒョイと横を見れば隣の部屋が覗けるし、二階の部屋の人が洗濯ものを干しているのも見えます。きれいなコテージですが、どこか庶民的な長屋のようで面白かったですね。

そう言えば、その前にビクトリアフォールズに行った時もホテルがユニークでした。高級ホテルのはずが、イギリスの会社が経営から撤退してしまったらしく、お湯が出ません。食事の時も、お客さんはドレスアップしているのに、フォークとナイフの置き方もサービスもめちゃくちゃでした。建物が立派なだけに、ちぐはぐな感じが忘れられません。

## 高山病も船酔いも平気

高地へ行ってもほとんど高山病とは無縁です。登っていくにつれてガイドさんさえ少しずつ言葉が少なくなっていく中で、たいてい私だけは元気です。

富士山と同じくらいの標高の南米のチチカカ湖へ行った時もそうでした。クスコから列車でさらに山を登って行くのですが、このクスコで高山病になる方も少なくありません。

クスコのホテルの入り口には高山病予防の草が置いてあって、現地の方が「これを噛むといい」と言うんです。現地の人も高山病になるのかしら、なんて思いながら、みんなで噛んでみました。でも、すでに具合が悪い人もいたので、予防効果のほどはわかりません。

チチカカ湖に向かう列車の中で、標高が高くなるにつれ皆さんだんだんものを言わなくなり、誰も食事に手をつけようとしません。終着駅でとうとう一組のご夫婦がヘリコプターで運ばれてしまいました。

ようやく着いたチチカカ湖のホテル。観光客は酸素ボンベを吸うのですが、私は酸素アレルギーなのでしょうか。吸うとなぜかくしゃみがとまらなくなったので、ボンベを使うのを諦めました。

さすがに到着した日は足が重くて、私も中二階の食堂まで階段を上がることができません。それでもなんとか食事だけはたくさん食べて、ぐっすり眠りました。それが良かったのか、明くる朝目が覚めたらなんともありません。

皆さんがホテルでダウンしている中、元気なのは私だけでした。そこで小船に一人で乗って、珍しい浮島を見に行きました。浮島については、先に中南米の旅でお話しした通りです。

以前、チチカカ湖に行った若いタレントさんとお話をした時に「少しでも低いところがよくて、ベッドではなくて床《ゆか》に寝た」とおっしゃっていましたが、その気持ち、私にもよーくわかります。

高山と言えば、一〇年ほど前に行ったエクアドルのキトも印象的な街です。「空中都市」と言われるだけあって、街が高台にぽつんと取り残された感じです。途中まで車で登り、あとは歩きで、富士山と同じくらいの高さの丘にあるマリア様の像を見てきました。やはり高山病にはなりませんでした。

キトでもチチカカ湖でも、アンデスの民族衣装を来た人たちが家族で芋掘《いもほ》りをしていました。移動中に何気ない現地の暮らしの風景を見られるのも旅の良さですね。昔の日本を見ているようで懐《なつ》かしく思えましたし、ジャガイモの種類の多さにも驚きました。

私は高山病だけでなく、船酔いとも縁がありません。

大満足だった南極クルーズですが、一つ残念だったのがドレーク海峡で船がほとんど揺れなかったことです。南米大陸の南端から南極半島までの約一〇〇〇キロメートルのドレーク海峡は、世界で最も荒れる海などと言われ、普通はすごく揺れるそうです。手すりにつかまっても歩けないとか、机の上のものが滑り落ちると聞いていたので、さすがに私も酔って吐くかもしれない。吐くってどんな気分だろうと、準備万端でその時を待っていました。

ところがちっとも揺れないのです。いつか荒れた海を体験したいと思っています。

# 健康の大切さを再認識

## 太平洋の真ん中で一週間ダウン

旅行中に病気やケガをしたことはほとんどありません。もともと体が丈夫ということもありますが、旅行よりも仕事でご迷惑をかけてはいけませんから、日頃から食事や運動には気を使ってきました。

そんな私でも旅行中に一度だけ、太平洋の真ん中でダウンしてしまったことがあります。十年ほど前、飛鳥でタヒチ島からイースター島へ向かう船の上でした。

日本からタヒチまではテレビ局の取材も入っていたので、寄港地でも滝を見たりして元気に過ごしていました。でも、タヒチを出港した翌朝から急にお腹《なか》が痛くなって、息をするだけでも横隔膜《おうかくまく》が苦しいのです。お医者様に診《み》ていただいたら胆嚢《たんのう》炎でした。

思い当たるのはチーズの食べ過ぎです。大好きなチーズが毎朝、それも種類もたくさんあるので、つい食べ過ぎてしまっていました。三カ月もの船旅はこの時が初めてでしたから、過ごし方のペースがわからない中で、自分でも気づかないうちに疲れがたまっていたのかもしれません。

それにしても、高熱が出て、胆石《たんせき》の発作があんなにつらいものだとは知りませんでした。三日間は点滴だけで何も食べられなかったのですが、船のスタッフがお粥《かゆ》を持って来てくださったりして、少しずつ元気になりました。ドクターも本当に親身になってお世話をしてくださいました。

倒れて五日目がイースター島への寄港日でした。私は上陸するのは半分諦めていたのですが、ドクターから「大丈夫ですよ」と許可が出て、念願のモアイ像を見ることができました。

今までテレビや写真で見て「こんなところ一生行けないだろうな」と思っていたのですが、思い続ければかなうものですね。少し魚臭い風を病み上がりの体に感じなが

イースター島。直前に船上で１週間ダウン。上陸は無理だと思っていましたが、ドクターからOKが出て、念願のモアイ像と記念写真を撮ることができました

ら、健康の大切さをしみじみ、皆さんの親切がつくづくありがたいと感じました。

船の旅は高齢者が多いので、骨折する人も珍しくないようです。骨折かどうかはわかりませんが、ドクターヘリで吊り下げられて緊急搬送されるところも二度見ました。幸い私はケガの経験はありませんが、病気もケガも用心するに越したことはありません。

## 船でも運動は欠かさない

旅に備えるための日々のトレーニングについては先にお話ししましたが、船の上でも運動は欠かせません。

クルーズは三食以外にも早朝やティータイム、夜食など、食べる機会が途切れることがありません。だからと言って全部食べていたら大変です。特に飛鳥は何をいただいてもおいしいので、食べすぎは要注意です。

私も胆嚢炎で苦しんでからは気を付けるようにしました。

食べてばかりで運動不足になってはいけないので、船でも普段の生活と同じようにスポーツ施設を利用しています。ジムでは自転車やウォーキングマシン、バランスボールを使った運動をしています。気功の教室にもよく行きます。

でも、特別に頑張って運動をしなくても、船は広いのでレストランに行ったり買い物や映画を観に行くだけでも歩くので、一日の活動量はけっこうあります。ですから三カ月間、豪華な食事をいただいていても太ることはあまりないのではないでしょうか。

運動で一番気持ちがいいのは、私の場合、やはりオープンデッキのプールです。夕飯が七時半からなので、暑い日はその前に一時間くらいゆっくり泳ぎます。

飛鳥のプールは汲《く》み上げた海水を濾過《ろか》して使っているので、エーゲ海やカリブ海、東シナ海など、行く先々の海の水で泳ぐことができます。エーゲ海は塩分濃度が高いのかよく浮きますが、その分ちょっと塩辛い。居ながらにして世界中の海で泳げるなんて、船の旅ならではのお楽しみです。

背泳ぎをしながら上を見ていると、時間とともに空の色が変わっていくのがわかります。体が冷えてきたら横にあるジャグジーに入って温まったり、水平線に沈んでいく夕日を甲板に上がってじっくりと眺めたり。夕日なんてどこでも同じと思われるかもしれませんが、場所によってけっこう違うので毎日見ても飽きません。

グリーンフラッシュも船から見たことがあります。太陽が沈む直前にわずか数秒間だけ緑色に輝く神秘的な自然現象です。

夜になると甲板のライトが消され、周りは海なので真っ暗になります。見上げれば満天の星。すぐ近くにあるようです。それも毎日違う星空です。南半球に行けば日本では見られない南十字星も見られますし、その近くに少し大きなニセ十字星があることも知りました。

初めて乗った時は「降るような星」とはこのことかと思いました。

# 旅でお金は惜しまない

## 個人チャーターを利用

旅にお金は惜しみません。時間を倍使えるからです。二度とない限られた時を最大限有効に使うには、お金をかけなくては無理という考えです。

若い頃の貧乏旅行は、それはそれでその時の私の最高の旅でした。でも年齢を重ねた今は、時間はお金には代えられません。

クルーズには、寄港地ごとにオプショナルツアーが用意されています。私はそれにはあまり参加せずに、一緒に行くお友だちと個人チャーターで動くようにしています。

オプショナルツアーは、あまり興味のないお土産物屋さんやレストランに行ったりするので、時間がもったいなく思えるのです。それに団体行動となれば、人さまのトイレタイムも待たなくてはいけません。

それよりもワゴン車を個人でチャーターしてガイドさんを付けてもらえば、興味のあるところに自由に行けますし、わがままも聞いてもらえます。

サンフランシスコに有名なゴルフ場があって、そこのグッズはゴルフ好きな方にとても喜ばれると聞いて、いろいろお土産に買って帰ったこともあります。土地に詳しいガイドさんが一緒にいれば何かと重宝します。

中には、ミャンマーなど個人タクシーのないところもあるので、その時はオプショナルツアーに参加します。世界文化遺産のシュエダゴン・パゴダは素晴らしかったですね。町の中に金色に輝く大きな塔がそびえていて圧倒されました。その中を裸足《はだし》で歩くのですが、以前は階段だけだったのが最近行ったらエレベーターがありました。

二度と来られるかわからないと思えば、限られた時間の中で見られるものは全部見る。車で走れるだけ走る。我ながら欲張りだと思いますが、お金をケチっていたら逆にもったいない。その時のベストな旅を楽しみたいのです。

ミャンマーといえば、パゴダ（仏塔）。世界文化遺産のシュエダゴン・パゴダはその美しさに圧倒されました。一期一会だからこそ旅は感動的

# 7章

# 旅と人生

## ——旅も人生も過程が目的だから

# 旅はハプニングがあるから面白い

## 一二年ぶりの偶然の再会に涙

以前、トルコで世界遺産のカッパドキアの奇岩群を見に行きました。そこで、観光客向けの気球が一つあったので乗せていただいて、めったにできない空中散歩を経験しました。

女性パイロットの巧みな操縦で奇岩の間をすり抜けると、岩肌に手が届きそうで、岩に巣を作っている鳥の鳴き声も間近に聞こえます。ぐっと上昇して眼下に眺《なが》めた奇岩群は絶景でした。最後は、迎えに来たトラックの荷台に自分たちの気球が見事に着陸したので、そのテクニックに大いに感心しました。

その一二年後、旅行で再びトルコに行ったので、もう一度空の旅を楽しもうと、カ

トルコでは、上空1000メートルから世界複合遺産カッパドキアを眺めました。
この気球に私が乗っています

ッパドキアへ行きました。でも、行ってみると今度は気球がいっぱい。二〇〜三〇くらい浮いていたでしょうか。以前とまったく違う光景にびっくりしました。それにしても、よくぶつからないものです。

そのうちの一つの気球に乗せてもらって、もっと驚きました。

パイロットが一二年前のあの女性だったのです。あちらも私のことを覚えてくださっていて、思わぬ再会に涙が出てしまいました。あれだけたくさん気球がある中で、再びあの女性パイロットにあたったのはうれしい偶然です。こんなこともあるのですね。

カナダのローレンシャン高原から、一日バスで走ったのもハプニングでした。本当は飛行機に乗る予定だったのですが、その前日に飛行機事故があって、急きょバスに変更になったのです。

飛行機代が返金されなかったのは納得がいきませんが、車窓からは山も町も見られ、途中で雪も降って来てなかなかロマンチックでしたから、まぁ良しとしましょう。

驚いたのは、そのバスの構造です。一緒に乗っていた一人の男性が急に熱を出してしまいました。すると、バスの幅を広げて、横になって休めるようにしてくれたのです。キャンピングカーならそういう仕組みのものもありそうですが、寝る時に横に広がるバスなんて初めてです。面白いものを見せていただきました。

やっぱり旅はハプニングがあるから面白い！

## 「大したことなかった」もまた発見！

ハプニングは良いことばかりではなく、時には期待を裏切られることもあります。それもまた、私には面白いのです。

たとえば、フランクフルトで初めて食べたソーセージ。本場の名店だけに、期待に胸が膨《ふく》らみました。ところが、一口食べたら塩辛《から》いだけ。日本で食べていたフランクフルトソーセージのほうがはるかにおいしかったです。

オードリー・ヘプバーンの『麗《うるわ》しのサブリナ』に出てくるスフレにもずっと憧れていたので、フランスに行った時にさっそく有名なレストランで食べました。でも私の口には合いませんでした。中に高級な具材が入っていたようですが、全然おいしいと思えません。やはり日本で食べたスフレのほうがずっとおいしかったですね。スフレに限らず、私は本場で食べるフランス料理をあまりおいしいと思ったことがありません。もうずいぶん前のことですし、きっと日本人の味覚には合わなかったのでしょう。パリに行ってもベトナム料理やタイ料理、中華料理を食べるようにしていました。

そもそもパリは英語が通じないので苦手です。カフェで「ミルク」を注文した時も一苦労でした。こちらが「ミルク」と言っても、わかっているのに知らん顔です。フランス語では「レ」と言うらしいのですが、ミルクはミルクです。頭に来たので、牛のお乳《ちち》の絵を描いて見せてやりました。

話が脱線してしまいましたが、私にとって旅先での「まずい」は「がっかり」ではありません。「やっぱり自分で食べてみなくちゃわからない」と発見できたことで満足なのです。

食べ物ではありませんが、二度行って初めて良さがわかったという経験もあります。リオのカーニバルです。あれは昼夜を徹して行なう盛大なお祭りで、一見の価値があります。ただ、見る場所によって満足度が全然違うのです。

ご存じの方も多いかもしれませんが、カーニバルの会場は両側に階段式の見学のスタンドがあって、その間の通りをいくつものダンサーのチームが踊りながら通って行きます。通ると言ってもほとんど進まないので、その場で踊っている感じです。三時間くらい見ていても、見られたのは二つのチームでしたから、野球場とか競技場のようなスタジアムでショーを見ている感じです。

最初にカーニバルを見に行った時は、スタンドの上のほうの席だったので、上から眺める感じでした。でも、次に行った時は下の一番前の特等席でした。ダンサーが目の前にいて、お客さんと触れ合ったり、ケープやスティックなどもくれます。なんだか一緒に参加しているような気分になって、とても楽しめました。

二度行って本当に良かった。やっぱり旅でケチはするまいと教訓になりました。

リオ・デ・ジャネイロは来年オリンピックが開催されますから、旅行される方も多いことでしょう。

## 見方を変えれば、より面白い

乗り物が大好きです。というよりも、乗り物から見る風景が好きと言ったほうが正しいかもしれません。若い頃は日本中の鉄道に乗りましたし、船は大型客船もゴムボートも大好き。それからバスにヘリコプター、気球、人力車《じんりきしや》、トロッコ、犬ぞり、らくだ、イルカ……乗れるものは何でも乗ります。

馬車はずいぶん乗りましたが、ギリシャのアテネで乗った馬車は特に良かったです。車が入れないような細い道も入って行きますし、途中でお土産物屋さんに寄ることもできました。ゆっくり走ってくれるので乗り心地もよく、アテネの町をじっくり眺めることができました。あれだけの移動を自分の足で歩いたら大変です。

エーゲ海のサントリーニ島では、絶景を見渡す高台までロバで上りました。じつ

82歳の時、アラスカのスキャグウェイで初めて体験した犬ぞり。一面の雪の上を走るのは爽快で、寒さも忘れて楽しみました

エーゲ海のサントリーニ島をロバで上ったのも楽しい思い出です。じつは、ロバは危険なのでゴンドラで上るように言われていました

は、ロバは危ないからゴンドラを使うように言われていたのですが、かわいいロバが目に入ってしまったら乗らずにいられません。つづら折りの階段をのんびりパカパカと上るのは最高の気分でした。

旅先でヘリコプターに乗れるツアーがあれば、たいてい乗ります。ずっと前にヘリコプターから見た紅葉が、地上からとはまた違って素晴らしかったので、それから特に好きになりました。

一〇年近く前にカムチャツカ半島に行った時も、せっかくなのでヘリコプターで空の旅を楽しみました。豊かな緑の大地や広大な湿原、地肌をむき出しにした荒々しい山々、噴煙を上げている活火山。雪を湛《たた》えた利尻富士《りしりふじ》のような山もいっぱいあります。エメラルドグリーンの水を湛えたカルデラ湖も良かったです。

カムチャツカは初めてでしたが、これほど自然が変化に富み、見どころの多い場所だとは知りませんでした。ヘリコプターに乗らなければ、この雄大さはわからなかったでしょう。

オーストラリアのグレートバリアリーフも、上から見る珊瑚礁《さんごしょう》の眺めが見事でした。その珊瑚礁で以前泳いだこともありますから、余計に感激しました。

一方、二度と乗りたくないと思ったものもあります。インドのエレファンタ島で乗った御神輿《みこし》のような乗り物です。木のイスにお客を乗せて四人で担《かつ》いで階段を往復してくれるのですが、上りは確かに楽チンでした。でも、帰りはものすごいスピードで駆け下りるのです。もし一人でもつまずいたらと思うと冷や汗が出ました。

それにしても陸から、空から、海からと、我ながら忙しい旅です。でも、せっかく地球をこの目で見るのなら、鳥になってみたり、魚になってみたり。いろんな見方をしたほうが楽しいじゃありませんか。見方を変えて気づくこともありますし、そのものの本質に近づける気がします。

# 二流人生

## 二流だから丈夫で長持ち

私は「十三番目人生」です。

何のことかというと、女学校時代にやっていたバレーボール部での私の立場です。万年補欠でした。他校へ試合に行けるのは一三人までなので私もギリギリ行けたのですが、試合に出られるのは一二人。私の役目といえばボール拾いや選手にタオルを渡すくらいです。絶対にレギュラー選手にはなれませんでした。

普通ならそれが悔しくてレギュラーを目指して頑張るのでしょうが、私は自分のポジションが気に入っていました。なぜなら試合は出るよりも見るほうが好きだからです。たまに補欠で出場しても、緊張して簡単なボールが受けられなかったりミスの連続です。先生もそれがわかっているからメンバーに入れようと思わなかったようです。

大人になってからもそうです。私があまり不満を抱えないのは、高望みをしないからでしょう。ユースホステル時代も人からよく相談は受けましたが、私自身は人に悩みを相談したことがありません。自分でなんとか解決していたということもありますが、そもそも「ああなりたい」とか「こうしてほしい」といったことを強く思わない人間なのです。ですからいまだに二流作家です。

一流になりたいと思えば、不満やストレスをたくさん抱えることになるでしょう。それをバネに頑張れる人はいいのですが、私はだめ。向いていません。

「このセリフ、もっと良くしよう」と思うことはもちろんあります。でも、考えても出てこなかったら「よし、飛ばそう」と気楽なものです。自分が書いたドラマの視聴率が低くても、気にしません。反対に高くても「そうですか」てなもんです。

それよりも自分の書きたいことが書けて、それがドラマになって、少しでも誰かに伝えることができたとしたら、それで十分です。だから今まで生き延びてこられたと思っています。

二流は二流なりの信念を持って生きていけば、それでいいじゃありませんか。丈《じょう》夫《ぶ》で長持ち、そういう生き方もあるということです。

俳優さんで言えば、主役よりも脇役。主役を一生通すなんて大変なことです。だからこそ数少ないスターが生まれ、その存在はドラマや映画には欠かせないのですが、大勢の脇役がいて初めての主役でもあります。私など個性を持った脇役たちの存在がすごく面白いと感じます。

一家のお母さんだって、完璧な子育てをしようなんて思ったらきっとウツになってしまいますよ。何かが足りなくて当たり前。自分にできないことは無理をしないで、ほかの誰かの手を借りたっていいじゃありませんか。

お母さんだけでなく、妻としてでも嫁としてでも、あるいは学校の成績や仕事でも同じ。一流とか一番にこだわるあまりに、自分しか持っていない「味」を見失うことだけは避けたいものです。

人生、二流で結構！　です。

# 人生を思いがけず面白くしてくれた旅

## お金と時間と体力と

戦争中は旅に行けるなんて夢にも思っていませんでした。

もう少し早く生まれていたら行けなかったでしょうし、早く死んでしまってもだめ。今までなんとか生きてこられたから旅に行くことができました。

たとえ同じ時代に生まれても、親が敷《し》いたレールに乗ったり、会社員を続ける生き方を選んでいたら、どこにも行けない一生だったかもしれません。

そういう意味では、今の人生を選んで本当に良かったと思っています。

私の人生はまさに旅と共にあります。

若い時は、暇《ひま》はいっぱいあるけれど「お金」がない。そこでユースホステルを利用して日本中を旅しました。貧乏旅行だからこそ、行くなら全部見ておこうという思いでした。

結婚してからは、若い頃のようにお金には困らなくなりましたが、今度は仕事と主婦業に追われて自由な「時間」がなくなりました。ですからたまに行く旅の時間はとても貴重です。スケジュールも早いうちから調整し、忙しい毎日の気晴らしを思い切りしていました。

夫が亡くなって天涯孤独の身となってからは、お金も自由に使えるし、時には仕事のスケジュールもわがままを聞いてもらえます。どこに行こうが、どんな旅をしようが、誰にも文句を言われません。もし主人が生きていたら、世界一周の船旅なんて贅沢は絶対に許してもらえなかったでしょう。

ですから主人が亡くなってからが私の青春です。ところが、その青春を謳歌《おうか》しようにも今は「体力」に自信がありません。うまくいきませんね。

でも、こんなふうにも思うのです。「お金」「時間」「体力」、もしもすべてそろっていたら、旅がかけがえのないものに思えるだろうか、旅を楽しみに頑張ってこられただろうかと。

その答えはわかりませんが、何かが足りないと嘆《なげ》いているだけでは何も始まりません。あるものを最大限有効に使って行動すれば、少なくとも後悔はしないのではないでしょうか。

私は若い頃から今まで、その時々で最高と思える旅をしてきたと自負しています。

## パリで見せていた夫の意外な一面

亡くなった主人から「ありがとう」とか「愛してるよ」なんて言葉をかけてもらったことは一度もありません。結婚式も挙げていませんし、二人で海外旅行に行ったのも喧嘩をしたあの新婚旅行一度きりです。

誕生日に花一本だってもらったことはありません。私の誕生日は彼の勤務先の創立記念日と同じなので、会社からいただいた紅白饅頭《まんじゅう》を「はい、これ」と渡されたくらいです。月餅の時もありました。

生前は何かにつけ私に文句ばかり言っていた主人です。ところが、今から四年ほど前のこと、亡くなって二〇年以上経って初めて知った意外な一面があります。

定年退職を機に、彼は堀越学園の先生方とヨーロッパを旅行しました。パリにも行ったのですが、その時に主人を案内したというパリ在住の日本人女性のガイドさんが、私に手紙をくださったのです。

その女性は、私が以前出した『ひとりが、いちばん！』（大和書房）という本をたまたま読んで、主人を案内したことをぜひ私に伝えたいと思ったそうで、手紙にはその時の様子が詳しく書かれていました。

女性は主人から「妻へのプレゼントを探したい。宝石がいい」と相談され、高級ブティックが並ぶヴァンドーム広場そばの宝石商が集まる一帯に案内したそうです。そこで「いつも世話を掛けているから、定年を機に何か良い記念になるものを贈りたい」と言っていたというのです。さらに、私が石が好きだからと、まだ飾りつけをしていない石や指輪を見せてもらいながら「これ、気に入るかな？」と何度も何度も繰り返していたというのです。その様子を見ながら女性は「奥様思いのご主人で、心が温かくなった」というではありませんか。

驚きました。家では年中、私に文句ばかり言っていた人が、よそではそんなものなのですね。

確かにヨーロッパ旅行から帰ってきた時、テーブルの上にぽんと袋を置いて「お土産」と言われました。「ありがとうございます」と包みを開けたら、当時流行っていたカルティエの三連リングと紫ダイヤの指輪でしたから、驚きました。何か悪いことが起こるのではないかと本気で心配しました。もちろん彼から「世話になったから」なんて言葉はありませんでした。

女性ガイドさんからのお手紙を読みながら、その時のことを思い出して笑ってしまいました。その指輪は、私が太ってしまったのでもう入りませんが、ネックレスにして大事にしています。

主人とは新婚旅行以来、旅をしていないと書きましたが、本当はたくさん一緒に行っています。

旅に出る時はいつも「あなた、一緒に行きましょうね」と仏壇に手を合わせ、部屋に飾ってあるのと同じ主人の写真を、お数珠《じゅず》と一緒に鞄《かばん》の中に入れます。ですから、もうずいぶん二人でいろんなところを旅しました。

ただ、もともと海外旅行よりも土いじりが好きな人でしたから、「おい、またか。いい加減にしろ」なんて、相変わらず文句を言っていることでしょう。

## 旅は過程が大切。それは人生と同じ

昔も今も、ガイドブックの類《たぐい》はおよそ持ったことがありません。

よくガイドブック片手に旅をしている方を見かけますが、そういうものを買ったことがありません。

ドラマの脚本を書く時は、歴史ものなどは文献を丹念《たんねん》に調べますし、現代ドラマであれば特に「今」という時代を意識しています。資料や情報を集めてコツコツ読み解いていく作業は学生時代から好きでした。その上で、自分の言いたいことをセリフに込めてきました。

でも旅となると、行きたいと思ったところに行く。それだけです。事前に調べることもしませんから、帰ってから旅番組などで見て「そういうところだったのか」と初めて気づくことはしょっちゅうです。でもいいのです。

ガイドブックに書かれていることを確認しに行く旅なんて、面白くありません。魅力的な写真や文章に期待して行って、実際がそれと違っていたら、それこそガッカリしてしまいます。

だから、いつも心は空《から》っぽのまんま。空っぽだからいくらでもお土産が入ります。

旅をしていて常々思うことがあります。

旅はやっぱり道すがらが面白い！

目的地の点と点だけを見るのでは全然つまりません。たとえば「ああ、いい旅だった」と振り返る時、真っ先に思い出すのは、たいてい途中で起こったさまざまなハプニングではないでしょうか。旅は過程に目的があります。

「旅」という字は、幟旗《のぼりばた》（方）に従い多くの人（从）が列をなして移動するさまを表わしていると言います。日常の住まいを離れ、どこかへ行くこと、移動することが本来の旅の意味なのですね。やはり旅は目的地ではなく、その過程が大切だと思います。

人生だって同じではありませんか？

どこに向かうかよりもっと肝心なのは、生きているということです。その過程はハプニングの連続でしょう。それも良いことばかりとは限りません。私などむしろつらいことのほうが多い人生です。

それでも「ああ、いい人生だった」と最期《さいご》に思えるとしたら、その過程と精いっぱい向き合ってきたかどうかだと思うのです。

切りとり線

★読者のみなさまにお願い

この本をお読みになって、どんな感想をお持ちでしょうか。祥伝社のホームページから書評をお送りいただけたら、ありがたく存じます。今後の企画の参考にさせていただきます。また、次ページの原稿用紙を切り取り、左記編集部まで郵送していただいても結構です。

お寄せいただいた「100字書評」は、ご了解のうえ新聞・雑誌などを通じて紹介させていただくこともあります。採用の場合は、特製図書カードを差しあげます。

なお、ご記入いただいたお名前、ご住所、ご連絡先等は、書評紹介の事前了解、謝礼のお届け以外の目的で利用することはありません。また、それらの情報を6カ月を超えて保管することもありません。

〒101-8701（お手紙は郵便番号だけで届きます）
祥伝社　書籍出版部　編集長　岡部康彦
電話03（3265）1084
祥伝社ブックレビュー　http://www.shodensha.co.jp/bookreview/

◎本書の購買動機

| | | | | | |
|---|---|---|---|---|---|
| ＿＿＿新聞の広告を見て | ＿＿＿誌の広告を見て | ＿＿＿新聞の書評を見て | ＿＿＿誌の書評を見て | 書店で見かけて | 知人のすすめで |

◎今後、新刊情報等のパソコンメール配信を　希望する　・　しない
（配信を希望される方は下欄にアドレスをご記入ください）

@

※携帯電話のアドレスには対応しておりません

100字書評

旅といっしょに生きてきた

住所

名前

年齢

職業

# 旅《たび》といっしょに生《い》きてきた

平成27年5月10日　初版第1刷発行

著　者　橋《はし》田《だ》壽《す》賀《が》子《こ》

発行者　竹内和芳

発行所　祥《しょう》伝《でん》社《しゃ》

〒101-8701

東京都千代田区神田神保町3-3

☎03(3265)2081(販売部)

☎03(3265)1084(編集部)

☎03(3265)3622(業務部)

印　刷　萩原印刷

製　本　積信堂

ISBN978-4-396-61522-2 C0095　Printed in Japan

祥伝社のホームページ・http://www.shodensha.co.jp/

林望のベストセラー

第67回 毎日出版文化賞特別賞受賞

# 全五十四帖 現代語訳の決定版!

# 謹訳 源氏物語

〈全十巻〉

四六版/コデックス装